漫娱图书
SINCE BOOKS

古 人 很 潮 MOOK 系 列

巷说妖语

古人很潮 编著

长江出版社
CHANGJIANGPRESS
漫娱图书

神引

午后，阳光静静地洒落在课桌上，微风和煦，

老师讲课的声音也很轻柔。

不知为何，你的眼皮越来越重……

等你再次醒来时，四周变得昏暗，

教室里没有了人影和声音。

你站起身，突然有一个棕色的鹿影一闪而过，

你好奇地追了出去。

教室门口出现一条幽暗的小巷，

小巷的尽头闪耀着五彩的光芒。

仿佛受到召唤一般，

你不由自主地踏了进去……

欢迎来到妖怪世界

目录 CONTENTS

南海蝴蝶
忽有物如蒲帆飞过海……
视之，乃蛱蝶也。
——《岭南异物志》
浮妖绘

白泽
黄帝巡于东海，白泽出，达知万物之精。
——《山海经》
巷说妖不语

腓腓
有兽焉，其状如狸，而白尾，有鬣，名曰腓腓。——《山海经》
浮妖绘

无支祁
水兽好为害，禹锁于军山之下，其名曰无支奇（无支祁）。——《山海经》
巷说妖不语

麖
又东十里，曰尸山，多苍玉，其兽多麖。
——《山海经》
浮妖绘

鲛人
南海之外有鲛人，水居如鱼，不废织绩，其眼泣则能出珠。
——《搜神记》
巷说
妖不语

九尾狐
青丘之山有兽焉，其状如狐而九尾，其音如婴儿。
——《山海经》
浮妖绘

灵犀
乃燃犀角而照之。须臾，水族覆火，奇形异状。
——《异苑》
妖巷说不语

桃屋
古木精，似兔，名桃屋，
见之呼名，止。
——《礼纬含文嘉》
浮妖绘

金华猫
金华人家忌畜纯白猫，能夜蹲瓦顶，盗取月光，则成精为患也。
——《渌水亭杂识》
妖巷说不语

烛龙
有神，人面蛇身而赤，直目正乘。
其瞑乃晦，其视乃明……
是谓烛龙。
——《山海经》
浮妖绘

蜘蛛妖
有山蜘蛛垂丝如匹布……大如车轮。
——《酉阳杂俎》
巷说妖不语

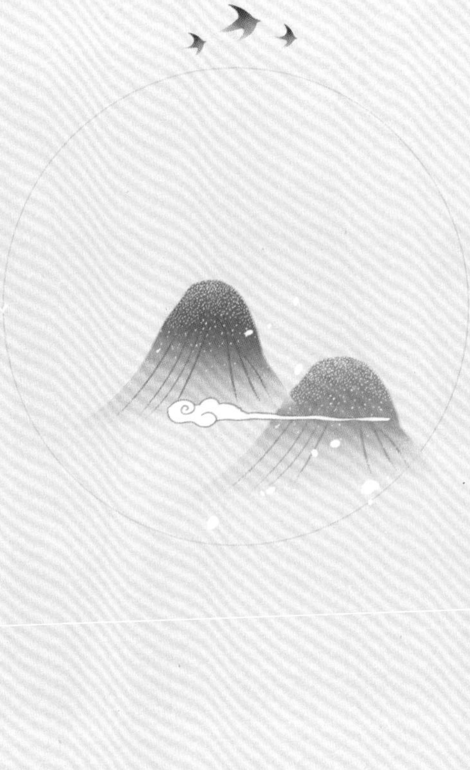

第一章

山之巅

SHANZHIDIAN

「群山之巅，有灵兽九尾、腓腓、狌狌……隐匿其间。

九尾

文◆三心草Flora

楔子

要做梦去妖界啊，来人间凑什么热闹？

黎春高中状元后做的第一件事，就是赶回东村，把这个好消息告诉阿尾。

东村离京城不远，黎春头戴乌纱帽，脚跨红鬃马，一路八百里加急。直到夕阳西下，余晖给潺潺的溪水镀上一层金色，他俯身，悄悄来到阿尾身后。阿尾坐在一块大石头上，双手托腮，怔怔地望着远方，脚边还放着一桶刚为黎春清洗干净的笔砚。

“干吗呢？”黎春蓦地在他耳畔一喝。

发呆的阿尾被吓了一跳，转身见是黎春，双眸登时眯成两道弯月牙儿。

“我中了！”黎春双手叉腰，得意扬扬地说。

“真的吗？”阿尾高兴得跳起来，绕着黎春不停地转圈。

“那还有假？”黎春将眉头一挑，“赶紧收拾一下，随我一同上京！”

“我可以吗？”阿尾睁大眼睛，怯怯地问。

“我说可以就可以！”黎春二话不说，霸道地拉起阿尾，跨上骏马。阿尾体弱，还没回过神，整个人便被黎春拥在怀中。

“走！”黎春握紧缰绳，高声道。

长长的马鞭一响，马蹄飞奔，在杂花丛生的草堆中踏出一条歪歪曲曲的小路。

二

阿尾是黎春的书童。自从家道中落、父母双亡后，所有下人都作鸟兽散，只有阿尾不离不弃，一直跟着黎春。

状元府大得出奇，完全不似他们在东村住惯的小茅屋。阿尾谨小慎微地抚一抚金碧辉煌的立柱，咽了口唾沫：“从今往后，我们……就住在这儿？”

“当然。”黎春拍一拍胸脯。

记忆中，在那些苦读的岁月里，他们是何其委屈。阿尾什么都做，从端茶送水，到洗衣烧饭，不仅如此，捉襟见肘的他们还处处遭人冷眼，黎春现在只想把最好的都给他。

“中了状元，就可以做官了吧？”阿尾低喃。

清浅的月色中，黎春命人在拈花亭备了一桌酒菜。满园的风景宜人，他与阿尾面对面坐着，抑制不住嘴角上扬：“我的傻阿尾，不做官，我考状元干什么？”

“那你做官……有什么特别想要完成的事吗？”阿尾问。

“我想做一个好官。”黎春端起金杯，呷进一口酒。

“什么是好官？”阿尾又问。

“这个……我也不知道。”黎春道。

阿尾没再说话。

夜风轻轻，从两人鬓边掠过，他再一次默默记下了黎春的心愿。

未来还长，阿尾一定会好好保护他的少年。

他发誓。

三

黎春的仕途并没有想象中那么顺利。

朝中局势不稳，黎春一没根基，二没人脉，徒顶一个状元头衔，是没有多少人信服的。当今圣上年幼，战功彪炳的皇叔蠢蠢欲动，若不及早站队，别说官位，恐怕性命都难保。但黎春生性纯良，并不谙熟党争之道，就在他急得如同热锅上的蚂蚁时，丞相王巩向他抛出了橄榄枝。

密室中，火红的灯油燃尽，又添满。

他们整整谈了一宿。

王巩作为先皇托孤的重臣，是绝对不可能站皇叔的。可小皇帝的天资算不得聪颖，要扶他站稳脚跟，任重而道远。况且，现在朝廷内“皇叔党”的人数居多，对王巩所谓的“立嫡以长不以贤”那一套并不买账，因此，他迫切地需要一个新人来打开局面。

反正也没有比目前更坏的形势了。

黎春思索片刻，答应了。

黎春文章写得好，上到皇叔贪污军饷、侵占良田，下到皇叔品行不端、招摇过市，他一天一封奏书，递到圣上手中，样子着实莽撞。

但是这份莽撞，像一颗烟幕弹，搞得满朝文武个个摸不清他的底细，不敢轻举妄动，由着黎春把皇叔弹劾得够呛。再加上王巩从各地搜罗来的人证、物证与之遥相呼应。很快罪责确凿，皇叔倒台，一时间，状元府门庭若市，黎春风头无两。

黎春正式成为“丞相党”的一员。

为圣上保住帝位，是一个好官该做的事吧！夜深了，阿尾晃一晃脑袋，趴在雕花的窗棂上，一边看漫天星斗，一边想。

黎春太忙了，已经许久未来看他，这一处僻静的院落是黎春专门为他打造的，有绿树成行、曲水流觞，就像彼时的东村。只不过，如今的阿尾已不必再事事为黎春张罗，行动有人伺候，每日游手好闲，无聊得紧。

但只要黎春开心就好。

阿尾知道，那个英俊的少年在觥筹交错间游走。透过门缝，他瞥见每一个来拜谒黎春的人，都对他点头哈腰。

黎春终于得到他想要的尊重了吧？

他终于出人头地。

没关系，黎春不来看他也没关系。更深的花露浸入阿尾眼角，凉凉的。他伸手将那一串水珠拭去，转身钻进被窝，满足地睡去。

四

王巩决定将女儿王楚乔许配给黎春，消息一出，朝野震惊。

敏感的人们纷纷猜测，黎春到底从一开始就是王巩的幕僚，还是这位老丞相不甘心放手权势而努力拉拢后起之秀？

都没什么紧要。

不管怎么说，婚姻在黎春这儿不能只成为婚姻，他的势头比之前更劲。

婚期定下了，黎春心情忐忑，也不知是为前途，还是为他未过门的新娘。如瀑的长发披散开来，昏黄的烛光闪烁，铜镜中隐约倒映出黎春的身影，阿尾手持一把玉梳，为他绾发。

他们有多久没见面？

发丝自掌心划过，夹杂些许白色，状元府波澜不惊的生活早已让阿尾感到安定。那一刻，他竟然才发现，原来，在时光辗转间，就连少年的身体里也长出了愁绪。

“明天我就要成亲了……”黎春轻声道，“我曾经幻想过无数次的场面……也不知是错，还是对？”

阿尾微笑，捉起一簇发，熟练地在中间打一个结：“成亲就成亲，哪有什么错对？”

“阿尾，你想成亲吗？”黎春问。

“不想……”阿尾道，“阿尾只想做大人的书童。”

“那你随我一同去丞相府吧？”黎春道。

五

丞相府的气派比状元府还要大，王楚乔乖巧地坐在父亲身旁，用团扇遮住半张粉脸，羞答答地抬眼看黎春。

黎春从没想过王楚乔这么美。

他对她一见倾心。

“阿尾，我不想做官了，只想和楚乔恩恩爱爱，过一辈子……哪怕她不是丞相之女，哪怕她一无所有。”黎春道。

好吧，如果这是黎春的心愿，阿尾想。

那他就给他一辈子。

果然，大婚之后，黎春开始收敛锋芒，渐渐退出朝政。虽然这样的行为令王巩颇为失望，但看见小两口琴瑟和鸣，举家上下一团和气，也便作罢。两年后，王楚乔怀孕，丞相府一片欢腾，而黎春更是高兴得像个三岁的孩子。

他马上就要当爹了。

可阿尾还是孤身一人。

黎春也曾试着把京城里的名媛千金介绍给阿尾，但阿尾一个也看不上。他老说自己这辈子只要能陪着黎春就够了，这是他的宿命。

黎春听后十分感动。

但感动归感动，阿尾总是要长大的，不是吗？

十个月过去，王楚乔临盆了，黎春坐立不安地在前厅候着，听见从窗外传来淅淅沥沥的雨声。

因为胎位不正，稳婆足足忙了一天一夜，也没把孩子生出来。满头是汗的丫头忙不迭跑来发出最后通告："大人，您是保夫人，还是保孩子？"

茶盏几乎从手中摔出，这种残忍的抉择令黎春无法冷静。

等等，他需要一些时间来思考。

黎春推开窗，任冰凉的风雨胡乱拍打在脸上，过了良久都没有察觉到阿尾已悄无声息走到他身后。黎春的崩溃发生在一瞬间，他转身扑倒在阿尾怀中号啕大哭："都要……夫人和孩子，我都要……"

阿尾没从见过黎春这样，胸口隐隐作痛。

他能怎么办？

那就都给他吧，阿尾叹一口气。

黎春从来不是贪心之人，阿尾了解的，好不容易才顺遂起来的人生，不能被轻易毁掉。他伸手将黎春扶到太师椅上坐好。

"少安毋躁。"阿尾道，"会好起来的。"

晨光熹微，王楚乔的卧房里响起一阵嘹亮的婴儿啼哭，小丫头急急跑来报喜："生了！夫人生了，是一位小公子……母子平安……"

黎春悬着的一颗心终于落下，咧开嘴笑了。

"走，我们看看去。"黎春激动地站直身体，整了整衣襟，但回过头才发现，阿尾已不知所终。

六

没有阿尾的日子，似乎也并没有给黎春造成多少困扰。第二年秋天，王楚乔又为他添了一位小女儿，长得跟雪球似的，乖巧可爱。

光阴在忙碌中飞走。

慢慢地，黎春也就把寻找阿尾的事抛到脑后。

因为有王巩的荫庇，黎春的后半生衣食无忧。子女们也争气，中举的中举，联姻的联姻，王氏一族愈发兴盛。

而黎春也真正做到了他的承诺，和王楚乔相濡以沫，白首到老。

不可谓不完美。

八十七岁那年，衰老的黎春在睡梦中安详地离开了人世。

葬仪举办得非常隆重，京城许多达官显贵都来了。黎春的灵堂前，哭声恸天，但没有人注意到，在角落里，有一只一闪而过的小白狐。

七

“大夫，黎春到底什么时候能醒？这都第十天了……”破旧的茅屋中，一个精瘦的妇人正在焦急地询问。

大夫无奈地揉一揉太阳穴：“黎春妖气入体，已遁入鸿蒙，恐怕……”

“鸿蒙？那是什么？”妇人问。

“那是一片游离于人间与妖界之外的秘境，本身也带有几分妖性。因为有妖力傍身，妖物们可以自由出入，但凡人则不同。鸿蒙最喜欢收集元神，常用梦境把那些被妖物侵袭的凡人的元神困于其中。除非知道黎春体内的妖气是来自于何种妖物，再一一驱除，否则……”大夫回答。

“什么？你怕不是在跟我开玩笑？”妇人嚷道，“黎春身为猎妖师，每杀死一种妖，便会有一种妖气在体内累积。事到如今，黎春体内的妖气恐怕已不下百种……要一一驱除，只怕你有那个能耐，他也没那个命的。”

不错，黎春是一名猎妖师。

彼时，连接人间和妖界的大门还没有被封印，时常有不知天高地厚的妖物越过此门，来到人间。而大门的出口恰巧就在东村，因此，这里的妖气最盛。也因此，猎妖师在东村是最常见的职业。

黎春的身世没错。

黎家本是当地富贾，但自从家道中落、父母双亡后，所有下人都作鸟兽散，就连从小和黎春一起长大的书童也未留下。

为了生存，黎春不得已加入了那个专门培养猎妖师的残酷组织，从众多和他一样的少年手中分一杯羹。但组织内等级森严、奖惩分明，只有段位更高的猎妖师，才能获得更好的食物和房间。

竞争何其激烈。

在猎杀了近百只妖后，好不容易，黎春来到初段。

“大夫，救救黎春……我们投在他身上的银子还没回本，他不能就这样死去。”妇人哀求道。当年，作为在东村四处招揽生源的猎妖组织负责人，妇人慧眼如炬，一眼就相中了黎春。在给饥肠辘辘的黎春买了一碗阳春面后，她顺利将他纳入麾下。

大夫皱了皱眉，不置可否。

所以，那个人会死吗？听到这儿，以狐身示人的阿尾再也忍不住，噌的一下从草丛中窜出，用爪子扯了扯大夫的裤脚。

大夫没有理会，只是转身提笔，继续苦思冥想药方。

但他不知道，遁入鸿蒙的元神，只要保持主动，按照自己的心愿过完一生，便有八成的概率醒来，再辅以一记提神醒脑的夏枯草，黎春便会和从前一样，这也就是为什么阿尾在梦境中一定要保护黎春。

那一天，懵懂的阿尾独自在妖界边境玩耍，一不小心脚底一滑，穿过大门，滚入人间。他一路滚到一棵生长在半山腰的歪脖树上。境况十分危险，他眼疾手快地抓住一条枯枝，底下是万丈深渊，眼看就要落下去了。

这时，路过此地的黎春扔下一段藤蔓，让阿尾顺势爬了上来。

这个少年救了他，阿尾感激涕零。但还没来得及向他表示感谢，黎春忽然眼前一黑，双腿一软，摔倒在地。阿尾一惊，眼睁睁看着他的元神出窍。

怎么办？那可是他的恩公啊！

阿尾一路追着黎春的元神来到了鸿蒙。

永无休止的猎妖令黎春不堪重负，本来，鸿蒙给黎春的元神造的不是美梦。梦中，黎春一生困苦，只有通过不懈努力，才有一线生机。一旦他的元神不坚，丧失意志，便会永远被困在鸿蒙中，循环往复地做这样的梦。

阿尾不要黎春这样。

于是，他化身书童，陪在他身边。

阿尾担心黎春一朝踏错，无法完成心愿。但幸好，在妖界的时候，他曾听阿姊说过："我们九尾狐的每一条尾巴都极其珍贵，因为它可以满足凡人的一个心愿……把心愿送给那些你喜欢的人，你就会感到快乐。"

快乐是什么，阿尾不懂。

但他只想把黎春救出鸿蒙，就像那时，他救自己一样。

阿尾张开爪子，一条条数自己的尾巴——

帮黎春考上状元，用去一条；帮黎春加入党争、平步青云，用去两条；帮黎春娶到心仪的女子、功成身退，又是两条；帮黎春保住夫人和孩子的命，让他后半生平安、顺遂，这便是三条。

算下来，已经是整整八条。

黎春已经按照自己的心愿过完一生，现在，大夫只需将一记夏枯草熬汤喂黎春喝下，他就可以醒来。可是，这段时间，阿尾消耗了太多妖力，已无法再化出人形，他没有办法把这个信息告诉大夫。

过了一会儿，只见阿尾不知从哪里亲自寻来夏枯草，用嘴叼着，送到大夫脚边。

他毛茸茸的身躯微微拱起，发出嘤嘤的声音。

大夫诧异地放下手中纸笔，仔细端详了半晌："这……莫非是一只九尾狐妖？"

八

《山海经》中记载："青丘之山有兽焉，其状如狐而九尾，其音如婴儿，能食人，食者不蛊。"

黎春有救了。

大夫什么也顾不得，一把抱起阿尾，呈到那妇人面前：“百年难遇的白色九尾狐……快，快让黎春吃了它。”

妇人将信将疑地看着阿尾：“你确定？可我看见它只有一条尾巴……”

没错，失去八条尾巴的阿尾，此刻看上去确实跟一只普通狐狸无异。

但他不在乎。

青丘是一座隐藏在妖界的名山，他们怎么会知道？阿尾想，会不会是许多年前，也有凡人曾经跨过那扇大门，去过妖界？一定也有族人像他一样，用尾巴许下心愿，送给那些人吧？

不过，“食者不蛊”嘛……

阿尾想起来了。

千年前，九尾狐族最受尊敬的老族长，就是把自己的元神喂给了一个误入妖界的商贩。妖界里妖气遍布，对凡人的伤害很大。老族长和商贩是最好的朋友，于是便要用自己的一切成全他。那个商贩就是在吃掉老族长的元神以后，再不受到妖气侵袭，最终回到了人间。

九尾狐是温顺的妖，如果吃掉他的元神可以驱除黎春体内的全部妖气，那么，阿尾愿意。

“普通狐狸是不会发出这样如婴儿般的叫声……”大夫肯定道，“事不宜迟，你快将它喂给黎春吧。”

黎春躺在床上，眼珠不为人觉地动了动。

阿尾却看见了。

黎春就快要醒了，在这关键的时刻，不能功亏一篑。可是，他们还没来得及见面，黎春还不知道人间曾有一只小狐狸来过。没别的办法，阿尾还有最后一条尾巴，不如就把自己留在黎春心里？

这是阿尾强加给黎春的心愿。

他不确定。

黎春……应该是想要把他留在心里吧？

阿尾安静地被妇人捧在手中，没有挣扎。不知道老族长在生命的最后一刻想到了什么，但这一刻，阿尾感到了快乐。

九

黎春睁开眼，头痛欲裂。

环顾四周，依旧是东村的小茅屋，无甚变化。黎春依稀记得，彼时的自己猎妖归来，正迎着晚霞，走在路上。这一趟外出，成果不错，他颇为开心，但不知怎的就不省人事地晕倒了。

大夫得意扬扬地向妇人邀功，妇人翻一个白眼，将酬金塞到他手中。

可是黎春搞不清楚，这十天自己到底经历了什么。那个本该属于他的安逸人生，以及那个唤作阿尾的书童，那么真实又那么缥缈。

也不知算不算幸运，吃掉阿尾的元神后黎春真的变得百妖不侵。复原后，他很快从众多猎妖师中脱颖而出。在不断地进阶中，黎春的血液逐渐冰冷，性格也愈发狠辣。

可是他不杀狐妖。

若要问个中缘由，黎春自己也说不清楚。

十

没有人告诉阿尾，其实那一天，从悬崖边上经过的黎春，并不是要救刚刚来到人间的他。黎春是猎妖师，是要靠猎杀妖物而活下去的人，怎么可能救他？

还差最后一只妖，黎春就可以升入中段。

中段猎妖师的三餐有肉，屋内有床，黎春期待了好久。而那只挂在树上的九尾狐看起来好弱，反正他现在也没什么力气，杀不死更厉害的妖物。

不如就那只狐狸吧。

虽然胜之不武，但黎春还是扔下藤蔓，让阿尾爬了上来。他不顾自己连番战斗后紊乱的内息，念起弑妖咒，但终因体力不支，昏倒在地，遁入鸿蒙。

黎春和阿尾之间从来没有拯救。

傻阿尾。

十一

许多年后，黎春成为东村最优秀的猎妖师，并凭借一己之力封印了那扇连接人间和妖界的大门。从此，再也没有妖物扰乱人间，他被众人奉若神明。

可是，好奇怪，在黎春心里仿佛总有一只狐妖的影子挥之不去。

那只狐妖没有尾巴。

他说，他叫阿尾。

九尾狐——妖怪小科普

关于九尾狐的记载，可以追溯到《山海经》。《南山经》中记载："又东三百里，曰青丘之山，其阳多玉，其阴多青雘（huò）。有兽焉，其状如狐而九尾，其音如婴儿，能食人，食者不蛊。"

在青丘山，山阳一面多产美玉，山阴面有很多矿石。山上生活着一种妖兽，形状像狐狸，有九条尾巴，虽然声音像婴儿一般，但会吃人。若是人吃了九尾狐的肉，也可以不逢妖邪之气。

九尾狐自古以来与帝王有着许多传奇故事。

相传，大禹曾来到涂山，偶然间见到一只九尾白狐，还听见涂山氏族中有人唱道："绥绥白狐，庞庞九尾。"后来大禹还娶了涂山的女子，繁衍后代。

在后世《封神演义》等著作中，九尾狐则化身成了魅惑君主的妲己，助纣为虐，残害忠良，最后为姜太公所收服。

朏朏

文◆清夜月

她小心翼翼地探出了头。

午后的阳光炽烈，映得林子里树丛草叶都透出一汪通透的碧色来，薄的愈透，浓的愈重——一年中最好的太阳也不过如此。

她抽动着鼻尖四处嗅着，试图捕捉到一些浆果，或者蜜巢的气味，但嗅了许久也只闻到一些泥土的味道。

头顶的软毛被晒得发烫，温暖的光不紧不慢地从头顶蜿蜒而下，包裹住她全身。她小小地打了个哈欠，心想暂时没有吃的也可以，再睡一会儿醒来，天也该傍晚了，或许可以走得远一点……

她把头缩回了自己用鲜花筑成的巢里，正打算闭上眼睛的时候——

“这是什么玩意儿？小狐狸？”

她被人揪着后脖颈拎了起来。

还没来得及吱哇乱叫，抬眼就对上了一双明亮的眼睛。

“小狐狸！小狐狸！”现在她被放在一个小女孩的怀里，听扎着双丫髻的小女孩吱哇乱叫，如果可能的话，她想抬起爪子捂住自己的耳朵。

“谢谢哥哥！”小女孩抱着她，绕着抓她回来的猎户少年打转。她被晃得眼晕，但还是努力地看着四周。

这间猎户小屋不大，被东西塞得满满当当，墙上还挂着几张不知道什么动物的皮毛，这让她很有危机感。不过就算这样她也得承认这间屋子算得上整洁干净，窗沿下甚至还放着几个高矮不一的酒坛瓷瓶，一看就是不知道从哪儿捡回来的，里面插满了深紫浅黄的野花。

她在大雪封山的时候也曾经溜去过庙里，或者到山林旁别的村子里找东西吃，一个是供神的地方，理应清静，一个是人住的地方，合该温馨。但两个地方都让她有些失望，一个地方整日烟火缭绕，高坐供台上的慈悲神明都变得眉目模糊。另一个地方尘土油污，拖着鼻涕的小孩子被胖大婶用扫帚撵得跑来跑去，偶尔还冒出几句不堪入耳的脏话来。

这不太像人间，至少不像她以为的那样。

所以渐渐地她也不太爱去了。

但是现在在这两个把她抓来的“坏人”屋子里，有梦里人间的味道，清淡而温暖的生活。已经活了不知道多少年的小兽对现状很满意——虽然失去了自由，但是满足了她的好奇心！

大不了等觉得无聊就溜走嘛！

她趴在小女孩的怀里，嗅着她衣襟上的皂角香气这样想。

“我给你取个名字吧！”小女孩的兴奋还没有退去，稚嫩的声音像滴溜溜的珠子一样转在她耳边，“我叫莞莞，小狐狸，你叫什么呀，你叫阮阮好不好？”

我叫腓腓。

她在心里小声咕哝，但还是甩了甩尾巴，勉强表示同意。

“对了，这是我哥哥！”莞莞把她举到猎户少年面前，少年皱着眉头，在莞莞的连声催促下才心不甘情不愿地捏了捏她的爪子。

“我哥哥叫阿逐！追逐的逐！”

说实话，和猎户兄妹一起过生活还不错。

他们似乎小时候就失去了父母。哥哥带着妹妹在山上讨生活，自成一套生存法则。哥哥出门打猎，用腌肉和皮毛换钱，买来足够兄妹俩生存的米面粮食，偶尔还给妹妹扯两丈花布做衣裳。

“小狐狸，小狐狸呀——”莞莞抱着她摇晃，“刚才的糖葫芦你喜欢吗？”

有点酸，但挺好吃的。

她吱吱地叫了两声，小姑娘像是听懂了一样开心地笑起来。

“那以后我都分给你！”

就这样，她在猎户兄妹的小屋子里住了两年。

春天的时候她和莞莞一起出去采花，编成花环让阿逐带下山去和皮毛一起卖——她悄悄地在花儿上施过法术，然后偷笑着听阿逐回来对莞莞说：“集市上的人说你编的花环，花开得总是久些。”

夏天的时候她带着莞莞去采浆果——虽然莞莞一直觉得是运气好，才能总找到丰茂的浆果丛。她们把采回来的浆果酿成酒，存一部分冬日御寒，拿一部分去卖。开始的时候她好奇喝过，但沾了一点点就醉得露出肚皮在太阳底下晒了半天，从那之后她就开始讨厌这种会让人神志不清的玩意儿，虽然真的很好喝。

秋天了，林子里的野兽都肥美。她不爱吃肉，但可以捧着一颗松果慢慢地咬，然后看阿逐把山鸡腿上的肉都耐心地剔给妹妹，看莞莞吃得满嘴流油。

阿逐可真喜欢他妹妹啊，她懒懒地想着。

冬天是大家都要窝在一起的季节。

打不到猎物，集市开得也不如暖和的时候勤，所以阿逐也不怎么出门了，留在小屋里教妹妹画画识字。莞莞第一次画了个超大个儿的狐狸，举到她面前看得她只想翻白眼——我怎么可能那么不可爱！

“来，阮阮。”莞莞牵着她的爪子在画上盖印，画上是抱着她的莞莞和站在一旁的阿逐，“来写你的名字！”

阿逐的字很端正，虽然不能说好看，但是一笔一画写得很认真。

莞莞刚学会写字，每个字都写得肥肥大大，像咧嘴笑开的脸。

腓腓不耐烦地舔舔爪子，舔了一嘴墨汁又赶紧溜去喝水。

她只盖了个爪印！

画上的莞莞笑得很开心，阿逐却一如既往冷着张脸。

“哥哥你怎么都不笑呀。”小女孩有点委屈，“哥哥和莞莞还有阮阮在一起不开心？”

“没有。”阿逐的眼神柔和下来，摸了摸妹妹的头，“哥哥和莞莞在一起最开心。”

她撇了撇嘴，好嘛好嘛，狐狸没有人权，不配让你开心。

但说实话，她以为生活会一直这样下去的，她跟着莞莞，还有阿逐，看着他们长大，嫁娶，繁衍后代，然后老死。

一直一起采花，一起摘果子，她看他们喝酒吃肉。

但故事总是结束得很快。在莞莞被蛇咬中的那一瞬间她开始后悔，为什么要带她来这么偏僻的地方采果子？

蛇被她用石头打死了，小女孩的脸却也变成青紫色。莞莞抱着流出黑血的小腿在地上抽搐，哭都哭不出声来。

她站在那里，夏日的阳光依旧炽烈，她却觉得浑身发冷。

她走向了莞莞，鼻尖蹭了蹭小女孩的脸，然后低头靠近了她腿上的伤口。

阿逐那一整天都觉得心神不宁。

傍晚的时候他回到家，远远地看见自家妹妹坐在屋门前的身影，才觉得心头落定些。山里的夕阳总是颜色浓重，小女孩一个人抱着膝盖坐着，腿上有伤口，身旁没有总是陪着她的小狐狸。

“怎么在这儿发呆？”他柔声问妹妹，“阮阮呢？”

小女孩似乎被吓到了，抬起头呆呆地看着他，好久才认出来他似的，“哇”的一声扑到他怀里哭起来。

“哥哥！哥哥！”她哭得声嘶力竭，像是要把整个下午的恐惧、愤怒与悲伤全部发泄，“蛇！有蛇咬了我！阮阮和蛇打起来……它们都不见了……”

阿逐的脸色变了，他一边柔声拍抚着妹妹，一边查看妹妹腿上的伤口。

发现伤口流出的血是红色才放下心来。

“明天哥哥帮你去找阮阮。”他说，“我们进屋去，哥哥给你煮甜汤喝，乖，别哭了。”

小女孩抽抽噎噎地被他牵进屋子里，外面的夕阳也快要落尽了。

后来他没有找到阮阮。

他按照妹妹的描述找遍了山林，翻过每一条溪流和沟壑，都没再找到白色的小狐狸。

他安慰妹妹也许阮阮是打败了蛇然后跑掉了，妹妹沉默了很久，没说话，只是牵着他的衣角，要和他一起去烧灶。

生活又恢复成了阮阮没来之前的样子，只有他们两个相依为命。

他也曾经试过给妹妹捉别的可爱小动物来做宠物，但都被她放生了。

一年、两年、三年……十年过去了。

猎户家的小女孩长成了亭亭玉立的大姑娘，拿着花环果酒去集上卖的时候总被人打量。

他笑着为妹妹推拒掉那些来提亲的人，只说莞莞还小，想再留她几年。

这一留就留了不知道多久，豆蔻年华的姑娘转瞬便过了二十，山下的流言蜚语传得难听起来。

阿逐没有解释，只是带着妹妹住进了林子更深处，几乎不再与山下的人来往，与天争食，自给自足。

就这样又过了三年，变故发生在那年春天。

早春方至，冰消雪解。

他去山里打猎，野鹿踏冰渡河而过，他追着鹿踏上冰面，冰却承不住人的重量，轰然塌陷。

他坠入冰窟，好不容易挣扎上岸回了家里，妹妹见他冻得嘴唇发紫的样子，连忙过来帮忙打理。他笑了笑摆手拒绝，自己换了衣服烧水洗澡，又喝了碗热热的姜汤。

但是窜进骨头缝里的冷还是让他发起高烧来。

也许是从小到大，在山里折腾的这十几年，耗费了太多的元气，积攒在他身体里的伤病终于找到了出口轰然爆发，他烧得迷迷糊糊，却还是看见了妹妹模糊的泪眼。

“别哭呀，别哭。”他拉着她的手，低哑地说，“你哭什么呢，你可以走了。”

“莞莞啊……不对，阮阮，也不是，你是腓腓吧……”

他感受到少女的手在他掌心里僵硬。

“你变成莞莞，回来陪我，是怕我难过？”他低声笑着，絮絮地说着。

“你也以为，我不给你说亲嫁人，是私心想把你留在我身边，是不是？”

“我怎么敢啊，你已经为了我，在人间留了这么久了——我怎么敢再给你找个包袱？”

“你、你什么时候知道的……”少女似乎在他的声音里冷静下来了，她颤着声音问。

“喝了一口果酒，就醉了整个下午的小狐狸。”他笑着，“吃一碗醪糟汤圆，就醉得开始说胡话，尾巴都露出来了。”

“腓腓，腓腓……”他喃喃地念着，“真是个好听的名字，爹在的时候，拿着一本书给我讲故事，我听过你。”

“忘忧之兽，使人忘忧，真的能使人忘忧啊。”他这样说，“和你在一块儿的这些年，虽然莞莞不在了，但我也很……”

“那天我去找你，真的以为我是去找小狐狸？我在山里找到了莞莞，你把她埋得那么用心……我真的谢谢你。”

“现在你可以走啦，走了，就别回来了……“他眼睛里的光渐渐熄灭了。

“对不住啊，把你留了这么多年。”

后来，少女安葬了她的另一个朋友，她把他们兄妹葬在一起，永远地离开了那片山林。

她走过红尘人间，辗转数百年，又见了很多很多人，听过他们的故事——和阿逐还有莞莞一起生活了那些年，她已经习惯了世俗的烟火味儿。知道庙里香烟缭绕是为了离聚祈愿，明白凡人家里鸡飞狗跳，正是再普通不过的红尘人间。

她成了真正的忘忧之兽，虽然她真正想让他们快乐的那两个人，都已经不在人间了。

她今天也停在了一个卖红薯的老大爷的身边。

天很冷。

她现在是一只流浪猫的样子，乖乖地过去蹭了蹭那个搓着手呵气的老大爷。

“你很冷吗？”

“也许抱抱我就会暖和了，还能开心起来。”

老大爷当然没听懂她的话。但是她被招待了，刚出炉的红薯很热，很甜。

就像是那年莞莞笑着要和她分享的糖葫芦，像那年阿逐回来煮的醪糟汤圆。

那些出现在身边的可爱小动物，也许是想让你暂时忘记烦恼，多看一看这漂漂亮亮的人间。

绯绯 —— 妖怪小科普

关于朏朏，也有悠久的历史记载。

《山海经·中山经》中言："又北四十里，曰霍山，其木多榖。有兽焉，其状如狸，而白尾，有鬣，名曰朏朏，养之可以已忧。"

意为霍山上多长榖树，山上有一种妖兽，形状像狸猫，白色的尾巴，颈上有长毛，名叫朏朏，如果家里养它，可以排忧解难。

舌尖上的妖怪

文／周檀

俗话说得好，民以食为天。中国人的饮食文化极其丰富，自上古时起就已经是生活在“舌尖上”的民族了。不管是天上飞的、地上跑的、水里游的，甚至是书里写的古灵精怪，只有抓不住的，没有吃不了的。

什么，你说你没吃过“妖怪”，而且还不知道哪些“妖怪”能吃？

那就让我们一起来看一下，在古代有哪些好吃的“妖怪”吧！

人参娃娃

在中国的许多大山里，有一种妖怪，生于地华却个头不高，外形像人，性格却滑头，关键是还很好吃，他就是大名鼎鼎的“人参娃娃”。

有关人参娃娃的记录，最早见于《神异经》。据《神异经·西荒经》记载：“西北荒中有小人，长一分，其君朱衣玄冠，乘辂车马，引为威仪。居人遇其车，抓而食之，其味辛，终年不为物所咋，并识万物名字。”

这说的是，在西北的山野里有一群小人，个头大概十几厘米，他们的老大穿红衣、戴黑帽子，还坐漂亮马车，阵仗特别酷炫。结果有一天，老大风光出巡的时候碰到一个路过的农夫，就被农夫抓去吃了。农夫吃完还表示："哎哟，有点辣。"

同样的故事在宋代的《太平御览》中也有记载，可见人参娃娃的故事在华夏大地上传承已久，也可见人参娃娃国"参"丁兴旺，被吃了这么多代还没灭绝。

最关键的是，人参娃娃不仅好吃，吃完还有疗效。据史书记载，当年那个农夫吃了参王之后，便能退避蛇虫鼠蚁，还在一瞬间通晓了世间万物之玄妙，时效永久。这疗效，简直是吃了一个"杀虫剂加图书馆"啊！

或许也是因为这些传说，人参自古以来就备受中国乃至东亚人民的追捧，被奉为能让人起死回生的神药。不过在日语当中，"人参"指的却是胡萝卜，也不知道当年的日本人到底经历了些什么……

日本人："别说了，都是眼泪。"

下面我们再来介绍一份，哦不对，是一位舌尖上的妖怪。它就是冉

RENSHENWAWA

冉遗鱼

遗鱼。

也许你会说一条鱼算什么妖怪？

那拥有蛇的头、马的眼，不仅长脚，还长了六只脚的鱼，能不能算妖怪呢？

对此，冉遗鱼表示："谁说鱼不能长脚了，本鱼第一个不服。"

据《山海经》记载，冉遗鱼生活在涴水流域，外形是"鱼身，蛇首，六足，其目如马耳"，堪称海陆动物大合体，是标标准准的妖怪。他虽然长得不太好看，味道却很鲜美，吃完还能"使人不眯"，也就是能防止梦魇，让人不做噩梦，堪称妖怪界的安眠良药；还可以"御凶"，就是能让人躲避世间凶邪之气，能解百毒、保平安。

如果古代妖怪界也有网红推销直播，广告词应该是这样的："涴水有鱼精，其名冉遗鱼。或清蒸，或红烧，咋做都好吃，吃了睡得香，还能保平安。妖洞里的你还在等什么呢，赶紧拿起手中的锅子，吃他！吃他！吃他！"

在《山海经》成书的年代，冉遗鱼的数量应有很多，然而在现代社会，人们却已见不到冉遗鱼的踪迹了。想来妖怪界的失眠问题应也很普遍，冉遗鱼大概是被大妖们吃完了吧……

狌 狌

跟人参娃娃一样，狌狌也生活在山里，还是中国古代妖怪界的高才生。据《山海经》记载，狌狌住在“招摇之山”，传说他通晓古今的世间百态，甭管是千万年前的家长里短，还是此时此刻的时事风云，他都一清二楚，堪称是妖怪界行走的百度百科。

这么高智商的妖怪是不是长得也很帅呢？据史书记载，传说中狌狌的形态大概有三种，一为白耳赤目，长尾猴形；二为肥头大耳，人首猪身；三为通体披毛，近似人形。

听上去是不是感觉莫名熟悉？对了，这三种形态不就对应着孙悟空、猪八戒、沙和尚嘛！

不过，《山海经》里没记载他去西天取经的故事，倒是写了他的肉挺好吃。还写道，人吃了狌狌的肉，就能“食之善走”，变得健步如飞，一日万里。

看来，三藏法师去西天取经的“外挂”早就在冥冥之中被安排好了。还好唐僧不吃肉，否则，十年漫漫取经路瞬间缩短为十天呀。

九尾狐

提到九尾狐，那可是妖怪界大名鼎鼎的存在。无论是在上古史上被人们当成蛊惑纣王、附身妲己的妖狐，还是被现代人写成小说，许配给天族太子和九天帝君，或是去往大洋彼岸成为祸乱日本的天皇宠妃玉藻前……九尾狐的传说之多、流传之广，几乎无妖可以超越。

不过，我们今天的角度有点清奇，不谈传说，只谈口感。

也许你会惊呼，不是吧，阿 sir，还有人吃九尾狐的吗？

没错，还真的有。

据《山海经》记载，“青丘之山有兽焉，其状如狐而九尾，其音如幼儿，能食人，食者不蛊。”这说的是，九尾狐生活在青丘，萝莉音，能吃人，也能被人吃。人吃了九尾狐的肉，就能不被蛊惑蒙骗，还能清热解毒、驱妖避邪。

今日防骗小妙招：九尾狐肉。亲，你吃了吗？

虽说九尾狐家族有着蛊惑君王、祸乱朝纲的千年骂名，但是西晋文学家郭璞却曾给九尾狐注释道：“西王母座下有狐，九尾，太平则出而为瑞。”意思是说，九尾狐其实是西王母座下的使者兼宠物，是祥瑞之兆，只有在太平盛世的时候才会出现在人世间。结果，刚出现就被人抓去吃了，时人还记录，九尾狐“肉微酸”，还嫌弃人家不太好吃。这么一想，好像也怪不得九尾狐会一怒之下变成妖兽了……

九尾狐内心崩溃：我给你们报祥瑞，你们却想要吃我，活该你们受罪！

这个故事再次告诉我们，冤冤相报何时了，不吃野味保平安。

横公鱼

据中国史书记载，在西南有一种名为“横公鱼”的妖物，“生于石湖，此湖恒冰。长七八尺，形如鲤而赤……”

什么，红鲤鱼？红鲤鱼与绿鲤鱼与……

不不，快打住，此红鲤鱼非彼红鲤鱼，啊不对，横公鱼压根就不是红鲤鱼，而是生活在冰湖里的鱼妖，他们白天生活在水中，到了晚上就能化为人形，“昼在水中，夜化为人”。想象一下，月色如洗，繁星流动，从冰湖之畔走过来一位俊朗少年，朝你投来无邪的一笑。啧啧，那画面，简直不要太美。

不过，你以为横公鱼能化成美少年，就不会被吃掉了吗？

No，你太天真了。在中国古代妖界美食宝典《山海经》当中，不仅记载了横公鱼的习性，还特别贴心地附上了烹饪方法，“横公鱼，刺之不入，煮之不死，以乌梅二枚煮之则死，食之可却邪病”。

意思是横公鱼刀枪不入还不怕火烧，唯独不爱吃酸的，拿乌梅跟他一起煮，就能变成酸汤鱼，口感美味又营养，吃完还能百病不侵。

看来中国古人们还真是淳朴专一、心思单纯，一心只有吃吃吃。传承千年的“吃货”精神真是让人感动。

横公鱼：不敢动不敢动。

专家特别建议：由于横公鱼到了晚上会幻化成人形，请尽量选在白天食用哦。

怎么样，现在你明白为什么妖怪不少的中国却没有“百鬼夜行”了吧？

因为在咱们的老祖宗眼里，这些精怪们都是菜呀！

寻妖通缉令

近日，人间发生了一系列神秘案件，一时人心惶惶，天界派往人间调查的天神根据线索逐一排查，最后将目标锁定在了以下几名不明妖怪身上。

若有识得者，不论人、妖，只要能提供其身份或下落，便可获得高额奖赏。

联系人： 钟馗

联系地址： 三界刑侦衙门

NO.1

外形

据目击者所说，状似老虎，有对巨大的翅膀，容貌丑陋；也有人说，外貌像头牛，身上如刺猬般长着尖刺。

线索1

能听懂人类的语言，甚至可以沟通无阻。

线索2

死者多为善良正直忠诚之人，部分受害者失踪，疑似被吃掉。

线索3

在某些恶霸家中，发现来路不明的野兽尸体，可食用。

NO.2

外形

有羽毛、尖喙，形状像雕，但又不似普通鸟类，头上有长长的尖角。

线索1

案发现场在鹿吴山水泽附近。

线索2

当时同行者听到有婴儿的啼哭声，声音哀切，令人心生怜悯。

线索3

受害者身上有明显被啄食的痕迹。

NO.3

外形

人脸，羊身，眼睛长在腋窝下，牙齿像老虎的牙齿一样长且尖利，擅长撕咬。

线索1

案发地在钩吾山一带，有路过小妖听见类似婴儿哭泣的声音。

线索2

现场尸骨无存，仅搜寻到一小块类似人的指甲，不知是受害者还是妖怪所留。

线索3

有人称曾在某个祭祀的器皿上，见过模样相似的怪物。

NO.4

外形

一说为九个脑袋的人形怪物；一说为形似大鸟，全身羽毛覆盖的怪物。

线索1

报案者都是父母，失踪者皆为婴儿，且失踪时间为半夜。

线索2

据一小儿母亲回忆，前几日，她将孩子的衣物晾在外面，夜间忘了收回家中，第二日便发生了失踪案。

线索3

案发日凌晨，更夫在打更时，看见一个美貌的女人怀中抱着一个婴儿。清晨，有人在湖边捡到一件全是羽毛覆盖的外衣。

妖界小报（答案）

感谢各界的配合，通过不断收集和探访，四名罪魁祸首已捉拿归案，现公布名单：穷奇、蛊雕、饕餮、姑获鸟。

守护三界的和平，我们义不容辞！

三界刑侦衙门

云中游
YUNZHONGYOU
「九霄之上，有上神白泽、烛龙、毕方……睥睨凡尘。
第二章

白泽

文◆鹿清明

一

我本来是想跟在当朝第一才子身后，扒他幽会对象的。

没想到，这第一才子特别能跑。在东坊的小巷子里绕了几个弯，一眨眼就不见了。

我欲哭无泪，没有才子的绯闻，这一期的《八卦周刊》我登什么内容。没有内容就没有赏钱，没有赏钱我靠什么吃饭。

正发愁，突然听见一道懒洋洋的呵欠声。声音还挺响。我寻望四周，分明四下无人，这声音又是从哪里来的？

“谁？”我警惕问道。

那声音懒洋洋的：“向上看。”

东坊的小巷极窄，高高的围墙把天空割裂开，只余下小小的一条缝。天上连只鸟都不曾飞过。

“右边。”那声音道。

右边宅院里探出一棵高大的梨树，雪白的梨花沉甸甸压满枝头。花枝上趴着一只山羊似的动物，雪白雪白，几乎和梨花融为一体。

难不成是这只羊在说话？

那羊懒洋洋地站起身，摇身变成一个头上长角的美少年，踏在纤细的花枝上如履平地，居高临下地看着我，格外气宇轩昂。

我第一个反应就是掏出画笔把他画下来，想给京城里的百事通亮先生看。

“吾乃白泽。”那人说。

他在树梢转了一圈，伏低身子向我冲来，一眨眼就冲到我面前。

“吾乃白泽。”声音近在耳边，眼里带着几分嫌弃。

我居然见到了上古神话里的神兽？！我伸出手戳戳他的脸，是温软的。正想掰掰他头上的角，看看到底不是真的，但是这个举动有点风险，我悻悻地打消了念头，问他：“你就是《山海经》里的白泽？”

“你才山海经。”白泽勃然大怒。

二

我觉得这件事也不能怪我。

毕竟不管是野史还是茶馆里说书先生都说白泽是《山海经》里的神兽，上知天文下知地理，还帮助了黄帝。我被误导了很正常。

但是白泽很生气。

他跟在我身后一言不发生着闷气，我从他脸上看出了委屈，这让我没来由有几分心虚。

用兜里为数不多的铜板买了一串冰糖葫芦，白泽不吃；买了一碗酸辣粉，白泽嗤之以鼻；到馄饨店门口，我看了眼白泽的神色，还是对我爱答不理。

没辙了，我坐下来要了一份虾皮馄饨。热气腾腾的馄饨端上来，清汤里浮着几颗蝴蝶似的绢纱馄饨，香气扑鼻。白泽一屁股坐在对面，神情幽怨：“你倒是吃得开心。”

“那……您要不尝尝？”我把勺子掉个方向，白泽扁扁嘴，嘟囔了一声：“这就想打发我？”话虽如此，他挪到我身边，一碗馄饨吃得一干二净。

末了，还打了个嗝。

“人间竟有难得之美味，吾心甚慰。”他矜持地擦擦嘴，“吾觉得可以打包一份。”

我摸摸口袋，只剩最后两枚铜板，只够买一串冰糖葫芦。白泽嚼着酸酸的山楂，歪着脑袋面露不解：“汝竟穷苦如斯也？”

“说人话。”

“你好穷哦。”白泽吃相斯文，“我以为你们当狗仔的会很有钱。”

这是哪里来的错觉！

他站起身，咽下最后一枚山楂：“如果你愿意给我买糖葫芦，我可以带你弄几条大新闻。”

一串糖葫芦两文钱，要是能搞到一条大新闻，那可就值一两银子。一两银子折合一千文……我抱着算盘噼里啪啦一通计算，我觉得这笔生意，中！

白泽淡淡地道：“写新闻很简单。只要从大家最感兴趣的入手，找准客户定位，就行了。

我陷入沉思。这年头什么最受欢迎？当然是八卦！上至丞相的儿子纳了妾，下至张屠夫被老婆赶出家门，有人的地方就有八卦。

问题来了，怎样搞到它？

白泽一本正经：“这就需要你感应天地灵气，引气入体，感受日月精华在你体内流动，道生一，一生二，三生万物……”

咦，这不是隔壁礼部尚书的养生操口诀吗？念这有何用？

白泽见我一脸质疑，决定带我出去长长见识。

三

我们是深夜出门的。这次白泽化成了起初羊的模样，还说像我们这种狗仔，就是应该昼伏夜出，低调行事。

听起来是有那么几分道理。

我以为他会把我带到不为人知的密道或者深山老林，能扒出京城八大美男的秘密恋情之类，没想到，他直接将我带到灯火通明的戏院门口。

站在大门口依稀能听见里头传来戏曲声。

我压低声音："大哥你知道这里看场戏多贵吗，看一场戏要这个数。"

我伸出五根手指，好心补充道："我哪来那么多钱啊。"

白泽带着一分小得意，小尾巴在身后晃动："我可是神兽，一般人看不见我，我不要钱。"

话音未落，门口巡逻的御林军目光直直地望向我，十分警惕地向我走近两步："这里不能带宠物进入，还请离开。"

白泽不是说一般人看不见他吗！这是怎么回事！

我正准备溜号，脚边突然传来一声猫叫。一只长毛白猫蹲在脚边，半仰着头冲我眨了眨眼，在御林军小哥的注视下，轻轻松松越过围墙窜进戏院里。

我急忙自证清白："我不认识它，它是碰瓷的。你看我身上一根猫毛都没有！"

好不容易说清楚得以离开，跟着白泽七拐八绕从后门的狗洞里钻进戏院内。

我发誓，再有下次，绝对不会钻狗洞！

白泽站在前面，身上干干净净，时不时回头催促我道："快点。"

我身上沾着泥土，头发乱糟糟的，很是狼狈。手上还黏着散发着怪味的土。

我忍无可忍地举起黑漆漆的手，作势要往他身上抹。我说："快点，不然我不保证我会做出什么。"

白泽有洁癖般一下窜得老远，远远地站在池塘边，用蹄子拨动水面，说："这里有陵鱼。"

《山海经》道："海中有陵鱼，人面鱼身，有手有足，啼声如小儿。"可是，这和我要的八卦有什么关系？

"陵鱼！"对着我的视线，白泽又重复了一遍。他急得原地转圈，"陵鱼！"

"你该不会让我报道这池子里有陵鱼吧？"

白泽困惑道："这可是陵鱼！"

水池里有一条黑色的鱼慢腾腾探出头，冲着白泽吐了口水，声音确实像小孩子哭声。人面倒是看不出来，但是确实有手有足。

陵鱼，学名大鲵，俗称娃娃鱼。

我决定明天就要带白泽去亮先生那儿上上科普扫盲课程。亮先生，字薄雾，号戴胜白额，是京城有名的百事通，任职于皇家御书房。

再苦再累，就算砸锅卖铁也要让孩子上学，省得他一天到晚像个文盲，指着娃娃鱼大喊陵鱼。

白泽气得跳进池子里，一口叼着那头鱼跃出水面，把鱼往地上一摔。我没来得及阻止他这粗暴的行为，陵鱼在地上抖了抖，化成一个年轻的男子。他委委屈屈地站起身，捂着身下敏感部位："你好粗暴哦。"

我倒吸一口冷气。

这位大哥你长得和前几年那位不喜当官、偏爱唱戏的状元凌渝十分相像啊。

白泽看着我，语气委屈："陵鱼可是当红小生，前殿试状元！"

我沉默片刻，抬起头僵硬地问他："你觉得，状元其实是一只鱼这种爆料有谁会相信？"

白泽歪着脑袋，竟有了几分可爱："咩？"试图萌混过关。

凌渝举起一只手："你们要是想要爆料，可以问问我。"

白泽当场双眼发绿。

四

我总算是知道了为什么白泽对狗仔这么熟悉了。

他记忆力惊人，听之不忘，还能准确地分析出人物关系，是天生的狗仔。

本来是该我记录的工作，硬是被白泽抢走。

他目光如炬下笔如风：

"户部侍郎其实是个关系户，他的职位是吏部尚书弄来的？

“太子面上冷酷无情其实是个毛绒绒控，专门盖了一座宫殿养狗和兔子？

“你家隔壁那户狗暗恋戏院老板养的猫，经常偷戏院里的鸡腿来喂猫？”

我忍无可忍：“最后一条可以不用记了！为什么八卦要报道猫狗的爱情故事？”

白泽老老实实“哦”了一声，低头把这句话划掉。

天色将明，戏院已经敲了休憩鼓，钟锣声减小。戏院都已经安静下来。凌渝被白泽问了一个晚上，昏昏欲睡，眼皮都黏在一起要打架。偏偏白泽异常认真，不仅记录，还要考据凌渝爆料的真实性。

“我真的好困……明天再说行不行。”凌渝欲哭无泪。我十分同情，刚要点头答应，白泽缓缓地开始念道：“道生一，一生二，三生万物……”

凌渝似乎十分害怕，捂着脑袋哭丧着脸：“别念了别念了，我说就是了。”

养生操还真有用？！

待离开凌渝后，白泽的尾巴止不住地上扬，微微晃动，一副“我厉害吧”的模样。

史书上面说白泽认识许多精鬼神怪，这些精怪害怕被人认出来，都绕着白泽走，所以把白泽图贴在门口能保家宅安宁。

“年轻人呀，就是要多长见识，”白泽正得意扬扬，打算举个例子，“当年，我的一个朋友……”

话说到一半突然没了下文，白泽皱着眉头，神情不解，喃喃自语着：“我的一个朋友……我的朋友是什么来着？”

他纠结的状态一直持续到深夜。

我正对着白泽的记录本思索该从哪一条消息入手，房间的门突然被打开，白泽站在门口，表情凝重：“快跟我走！我有大新闻！”

白泽第一次露出这种紧张凝重的表情，把我吓了一跳。我跟着他风风火火地跑到郊区的山顶。

夜里寒风透骨，又是深山老林，我只来得及披上一件外袍，险些没冻死过去。

我一边打着哆嗦一边问他：“大新闻在哪儿呢？”

他神秘兮兮地示意我伏低身子躲在亭子后，指着前方的一团漆黑，压低声音：“看见了吗？有角！”

我眯着眼睛看了半天也没有看到，直到一团白色突然从黑漆漆里窜出来，才看见白泽所说的东西。长得像狐狸，背上有两只角。

“看到了吗！那是乘黄。”白泽语气难掩兴奋。

古文献里记载，乘黄是一种灵兽，骑上它就可以长寿。

乘黄似乎察觉到我们躲在草丛里，站在原地歪着脑袋看着白泽藏身的地方，似乎嗅到了什么味道般，小心翼翼地上前两步，用爪子拨弄着草，冲白泽嘤地叫了一声。然后飞快地跑开了。

白泽用角蹭蹭我的胳膊：“你知道吗！我看到了乘黄！我们以前关系可好了，在一个窝里……”

话说到一半又没了后续，他语气突然低落下来：“然后呢？我怎么想不起来了？”

他在草丛里发愁，山脚下却突然亮起了火光，像是有什么人往山上来。依稀还有兵器碰撞的声音。

我听见一个有些熟悉的声音说道：“都仔细些，找找草丛。”像是在找人。

大晚上的，一个人蹲在荒山的草丛里，怎么想怎么可疑，被发现了多半是要送去蹲天牢。

“这边走。”白泽带着我穿过树林，绕下山。在山脚下，我往火光通明的方向望了一眼。

那里停着一辆马车。高盖骈驾，围帐上的装饰是宫里头的。

五

第二天，城里就粘贴了告示，说是太子丢失了一只爱猫，重金悬赏。

我去给白泽买糖葫芦的时候瞄了一眼，告示上画的动物怎么看怎么像昨天见到的乘黄。

而白泽的举动变得愈发怪异。

他经常一拍脑袋有了感知，拉着我风急火燎地跑到一个地方，蹲了半天蹲到传闻中的精鬼神怪。他特别兴奋地告诉我，这个是毕方，那个是蠃鱼，这个是夔牛，那个是当康。他想和我分享这些朋友们的黑历史，但是常常说到一半却怎么也想不起来原来的故事。

我住的房子就在礼部尚书隔壁。准确来说是和尚书府的左偏门隔着两道围墙。站在我家房顶倒是能清楚地看见尚书家的后花园。

不过除了白泽，也没有谁喜欢爬屋顶。

这天，我又听到了礼部尚书府传来的养生操声音："道生一，一生二，三生万物。"房顶上突然传来轰隆隆崩塌的声音，有什么东西从房顶滚下来。

一抬头，白泽站在我面前，眼睛里泪汪汪的，很是委屈。

他说："我看见了一只有些眼熟的妖怪，但是想不起来它叫什么名字了。"

他带着我爬上了房顶，向尚书府里望去。尚书手里抓着一只老鼠大小的异兽，长着兔子的头和麋鹿的身子，是耳鼠。

《山海经》里说这种动物吃了可以百毒不侵。

白泽神智恍惚，仿佛什么也没有听见，接着，他扯住我的袖子，很是坚定："我们去救它好不好。"

当一只可爱的羊向你撒娇时，真的让人很难拒绝。

六

当天晚上，礼部尚书戴着耳鼠风急火燎地出门。我在房顶上看到他正好往东宫的方向去。

我从家里摸出一把菜刀，也跟着往东宫方向去。

东宫在朱雀大街正中间的位置，被层层御林军守护着。白泽止了哭，表情严肃。

我问道："怎么办，怎么进去？还有狗洞钻吗？"

白泽眨眨眼，在地上嗅了嗅，指着朱雀大街的下水口道："从这里爬进去。"

我没想到有一天我居然会跟着白泽钻下水道。在下水口的尽头，推开薄薄一层青砖，就是东宫的一口枯井。

我在枯井下向上望，黑漆漆的，似乎没有什么人。我先爬出去，四周静悄悄的，仿佛是一座荒废的小院。不知为何，我的心跳越来越快，好像有什么不好的事情要发生一样。

白泽跃出井口的那一瞬间，四周突然燃起火光，亮如白昼。院子正中间被带刀的侍卫层层围住。刀尖淬了毒般，在火光下闪着幽幽蓝光。

井下突然传来格拉格拉的动静，像是铁栅栏封住了来路。

侍卫群中间突然分开，太子提着笼子站在正中间，笼子里装着的正是耳鼠。他脸上的笑意得意而刺眼："那道士果不欺我，世间真有白泽。"

"你想做什么？"我下意识后退一步，将白泽护在身后。

"听闻耳鼠食之百毒不侵，孤已经尝过讹兽风狸的滋味，倒是想看看白泽尝起来会是什么味道。"

什么养狗养兔子，分明就是个借口。风狸似狗，讹兽肖兔，这个疯子就是在捕杀天地间神兽。

"白泽。"我掏出菜刀竖在身前，握着菜刀的手微微发抖，"我数三下，你抢过耳鼠就跑。"

白泽沉默不语。他立在我身前，身形骤然变大，大到我需要仰头看他。

四周侍卫的剑直直冲着他。

"不愧是上古瑞兽。"太子笑容扭曲，火光映在眼底，竟然带着几分疯狂，"我倒要看看，瑞兽到底能不能逃出这天地五行阵。"

随着一声巨响，以枯井为中心显露出一个朱砂画出的十字阵。自从白泽破开井下那道青砖，源源不断的水就润上井。水居东南，木位西北，以朱砂十字为界，构成了天地五行阵。

白泽护在我身前，没有风，但是他的毛发却自然的飘舞着。他啐了一口："区区天地五行阵，又能如何。”

他喝到：“白泽令在此，诛邪皆退。”

平和的天象，骤然间狂风四起，院落里的槐树被狂风吹倒，横在白泽和太子中间形成一道泾渭分明的分界线。

那天碰瓷我的那只猫不知道从哪里窜出来，一口咬上太子提着笼子的手。太子吃痛，松开手，也不知道从哪里来的力量，我就势一滚接下掉落的耳鼠，回到白泽身边。

“走！”

他用力推了我一把，几乎是把我抛上围墙。

“留住他们！”太子狼狈地喊道。侍卫们跌跌撞撞地向白泽走去，无数锋利的利刃砍在他身上。我忍不住尖叫出声，想下去救白泽，裤腿却被那只猫死死咬住。

我看着白泽白色的毛发被鲜血染成红色，不知不觉已是泪流满面。

万万没想到，没有难过太久，白泽竟安然无恙地从人群里钻出来，跑到我身边，用毛茸茸的尾巴蹭了蹭我。

七

白泽是天生地造的瑞兽，对白泽下手要受到天地的惩罚。

“所以这个缺心眼的孩子可以在上古时期快乐地长大，就连凶神穷奇都要对他礼让三分。”凌渝说。

太子对瑞兽大不敬，最终受到了反噬，砍在白泽身上的刀最后无一例外反馈在他自己身上。听闻太子成了废人，陛下大怒，下令全力搜捕刺客。

我成了被全城通缉的对象。但所幸一路有凌渝和白猫的帮忙，从京城逃到江南没有被人发现。

可是白泽也因为伤势过重，被迫回到了婴儿期，大小和一只小奶猫差不多，正趴在猫身边蜷成一团。

发现我的视线，凌渝指着猫："这是腓腓，就是传闻里养它就会快乐发财，食之则长寿无痛。"

"为什么白泽会变成现在这样？"我没忍住偷偷摸了一把腓腓，手感确实很好，难怪古人说养它会很快乐。

凌渝的表情逐渐沉下来。

《山海经》里没有白泽，但是《山海经》确是因为白泽而来。

因为是天生地造的瑞兽，白泽在上古大荒里可以横着走，所有对他的伤害都会加倍返还到施暴人身上。

他性格温和，不爱闹，唯一热爱的就是听故事。

"他为了弄明白我为什么那么开心，钻进我的窝里一待就是一整年。也有生灵嫌他在窝里碍眼，想把他往外赶，可架不住白泽不知道从哪里来的歪理，张口闭口就是道生一一生二三生万物，吵得脑壳都痛了，只能忍下来。"腓腓说。

养生操也不是什么玄学密语，纯粹是白泽闲来无事瞎编出来缠人念叨用的。久而久之，这话就成了大荒生灵间的暗语。时间久了，白泽成了大荒里最博学的存在。大荒里没有他不知道的植物，也没有他不了解的动物。

"饕餮嗜食，好几次吃错了东西险些背过气去。为了不让它乱吃东西害了命，白泽决定把知道的东西都列成书，所以才有了《白泽令》。"凌渝说，他看着白泽，眼神里有着怀念。

而黄帝偶然间窥见白泽所写的《白泽令》，整理成了《山海经》。《山海经》本是教臣民通识明事物的书，但许多人在看到养腓腓可以发财，食耳鼠可以百毒不侵后，欲望就凌驾于道德之上。这些人偷偷组织了一场又一场的围剿，逼得原本大荒山的生灵四处躲避。无数上古异兽死在围剿里。"

等白泽写完书出关，大荒山已经成了一座荒山。

白泽的朋友全部不见了，他成了这个世上唯一存留的异兽。

他找到黄帝，对黄帝说将他绘制在图上可以辟邪。

为了防止剩下的异兽被杀害，白泽把山海经中还没被人所害的生灵添油加醋了一番，说手无缚鸡之力的肥遗见之大旱，让人避着它走；说性格温和的夫诸是有灵的圣兽，杀他会招致水害……

腓腓怜爱地摸了摸白泽的脑袋：“他觉得自己是杀害朋友的罪魁祸首，于是用尽心头血绘制了一副白泽图，以自己来警醒朋友，凡间危险，速速离开。”

所以根本不是白泽能辟邪，而是他的存在就是为了提醒朋友，勿入凡间。

可是没有什么生灵能够在耗费尽心头血之后还能存活，哪怕白泽是天地的宠儿，也因此昏睡了近千年，醒来后记忆就出现了问题。

“那为什么之前你们都不出现？直到现在才出来？”我问道。

腓腓神情凄凄，它端坐在白泽身旁：“我们只是上古异兽留下的遗孤，所谓遗孤，就是天地的一抹精气，受感应而生。”它望向白泽，“白泽想见我们时，我们才会出现。”

难怪白泽每次神经兮兮地拉我去各个奇怪的地方，都能看见那些精鬼神怪。

不是白泽有狗仔般惊人的嗅觉，而是他无意识地想到了朋友们，所以他的朋友们才会出现。

腓腓耳朵动了动，她深吸一口气警惕道：“有人来了，我们该走了。”

我想了想，决定前往

A 海上 跳转结局 7.1

B 大荒 跳转结局 7.2

7.1 海上

我想起亮先生曾经说过，天圆地方是假，出了海总会到达一个新的地方。

出海那天，腓腓找了几只鲛人，说是有鲛人在，可保一路顺风。她说东海中央有座龟息岛，月圆则出，龟息岛就是玄武化身。白泽和玄武是一脉同源的瑞兽，离龟息岛越近，白泽好得越快。

在海上行至第九天，一直昏睡的白泽突然醒了。他叫停了鲛人，望着来时的方向，坚定地决定要返航。

“为什么要回去？”我不解地问。

他望着来路面色凝重：“天下要大乱了。”

等我们回到京城，才发现白泽的话竟是真的。

太子贪婪凶残，皇帝黑白不分，捕杀异兽重伤瑞兽，天道大怒，降下十二道异象以惩人间。

先是大旱，接着蝗灾，然后是洪水和饥荒，山火仿佛约好了一般怎么也浇不灭，熊熊烈火烧至京城。

饿殍遍地。

说是地府也差不离。

白泽望着人间地狱，一言不发。

腓腓怒气冲冲地赶来，一掌拍在白泽头上：“你又在想什么？为什么不去龟息岛！”

“生灵涂炭，我不想走。”白泽说。

“那些人和你有什么关系？你是瑞兽，是天地宠儿，何必沾这人间事。”腓腓咄咄逼人，把目光转向我，“你怎么不看着他，白泽胡闹你也跟着闹吗？”

白泽神情淡淡：“你以为人间遭此劫难后，我们不会遭殃吗？”

“你要去哪里？”我突然有了股不好的预感。

白泽笑笑，没有说话。

白泽是在一个雨夜离开的。我半夜惊醒时，怎么也找不到他。

海边悄无声息地出现以前从未见过的一座巨岛，无数只在传闻中出现的精鬼神怪出现在海边。他们沉默地望着远处的高山，像是有感应一般垂下了脑袋，似在默哀。

暴雨下了一天一夜，天地之间一片朦胧。风雨声里依稀听见几声哭泣。

雨后天晴，还久违地出了彩虹。蝗虫不见了，瘟疫消失，洪水退却，山火熄灭……一夜之间异象骤消。

白泽出，天下太平。

除了我，没有人知道，这太平是用他的命换来的。

7.2 大荒

我想起亮先生曾经说过，天下山脉尽出昆仑，大荒旧址就是昆仑一带。

越靠近昆仑，天气越冷，路也越难走。

我把白泽揣在怀里，小心翼翼地向山顶爬去。刀刃似的寒风从我脸上刮过，不一会儿脸就冻出了血。

腓腓和凌渝说山顶一处温泉就是大荒的入口。可是我找了许久，只发现了一个枯涸的池子。算了，死马当活马医。我小心翼翼地把白泽放在池子中间。

可十天过去了，白泽丝毫不见好转，带的干粮已经吃得差不多了。

没办法，我只能出去找东西吃。等回来的时候，居然发现白泽不见了！

哪个天杀的还偷羊！那羊那么小也下得去口？！

我只能扯着嗓子喊。喊了半天也没有人应答。

完了，我把白泽丢了。

我失魂落魄地坐在地上，突然觉得屁股下一阵冰凉。低头一看，干涸的池底汩汩地往外冒水。

远处雪山顶出现了七彩霞光，接着天光破晓般，一声鸟鸣打破了万籁寂静，整个昆仑喧闹起来。

我听见有轰隆隆的声响，回头看去，水池边的枯石突然有灵性般组成一个人的模样。怪模怪样的石头人咧着大嘴嘎嘎笑着，问我："你是在找白泽吗？他被我吃掉了，你要用你来换他吗？"

"阿木，不要吓人。"十分耳熟的声音从石头人身后传来。我低头，白泽又变成了那个衣着华丽的英俊少年。

"大荒回来了。"白泽说。

冰泉化暖，枯木逢春，白雪冰封着的昆仑又焕发生机。流离失所的生灵又重新回了家。

妖怪小科普——白泽

《云笈七签·轩辕本纪》中记载："帝巡狩，东至海，登桓山，于海滨得白泽神兽。能言，达于万物之情。因问天下鬼神之事，自古精气为物、游魂为变者凡万一千五百二十种。白泽言之，帝令以图写之，以示天下。帝乃作祝邪之文以祝之。"

相传黄帝带着侍从巡游到东海海滨，白泽突然出现，他不仅能与人言，还上知天文下知地理，对于世间妖怪如数家珍。黄帝与他交谈，让他将所述妖怪记录在图册中，公告天下。

白泽也是古籍中为数不多、一直被尊称为神兽的妖怪之一。

烛龙庙

文◆久南乔

“叮当”一声，铜钱进了功德箱，红辫少年一脸嫌弃地用两指夹着它举到面前，赤色的眼瞳望穿秋水，却再也看不到更多。

“没劲，隔了七七四十九天才来投这么一次香火，本尊当他心有多诚呢，才一文钱？打发叫花子都不够！”他一脚踢歪了香炉，末了，还是绕了圈路把它搬回正位，语气里全是不甘心，“要不是香火鼎盛与否关系到本尊重回神界的希望……”

少年往后一躺，盯着摇摇欲坠的庙顶，开始生闷气。

回想他烛龙当年，那也是自开天辟地就叱咤风云的古神之一，远在云端之上，受尽世间敬仰，虽然顶头有无名神人压着，又有应龙事事跟他一较高下，但也总归是个神，唯一的弱点只是不能直视星辰。

身为神，他对待子民的态度可谓一片赤诚，却偏偏遇上了那档子事……如今，他只能被迫窝在这远离神界的章尾山，一不留神就是一万年。

一万年来，他看透世态炎凉，不再将那群有求于他时好声好气、得不到满足就弃之如履的凡人放在心里。

他受够了这般偏僻孤独的地方！

“既然你们敬酒不吃吃罚酒，那就别怪我了。”烛龙倒举起功德箱，看向空空如也的箱底，眼中满是冷戾，“先来个百日阴雨试试看吧。”

空中划过一道惊雷，霎时乌云密布，惊慌失措的人们一路逃回家宅，咒骂苍天不长眼。可他们越是怨声载道，烛龙越是起劲，呼风唤雨，无恶不作。这雨一下就是九十九天，积水渐渐吞没田地，湿气令墙壁长满青苔，终于，到了第一百日，无助的人们跑去烛龙庙进贡了大量香火。

早这么虔诚，不就不必遭罪了？

烛龙满意地打了个响指。乌云渐隐，红日高悬，淤泥一点点退回良田，断了腰的庄稼再度生机勃勃。

章尾山的子民们这才惊呼，原来烛龙庙如此灵验！而后每隔一段日子，烛龙都要闹一闹连绵阴雨，百姓也都学乖了，但凡遇到超过十日的绵雨，就立刻低声下气地来这烛龙庙三跪九叩。

香火上来了，人也都毕恭毕敬了，烛龙很满意。

但令烛龙纳闷的是，章尾山百姓一千人，惟有一人，从不拜他。准确地说，是即使跟随爹娘来了烛龙庙，也不会俯首叩拜、在他的塑像面前默念“恳求天晴”之言。

偏偏这人还是个黄毛丫头。整整两年，她经常来庙里玩，却一次也没求过神。

这个疙瘩在烛龙心里藏了两年，总算忍不住了。他趁某个下雨天庙中四下无人，堂而皇之地在这小丫头面前现了身形。

“喂，你不讨厌雨天吗？”

面前多了个红头发的大活人，她倒也不怕，两只羊角辫高高竖起，鼻孔上飘着个鼻涕泡，嘴角沾着芝麻粒儿，对着红辫少年咧开嘴角，还缺了颗门牙。

“不讨厌啊！”

这可奇了怪了。

“我从没见过不讨厌下雨的人。”烛龙托着腮帮子，盘腿坐在香炉边，“雨天多麻烦啊，出门要打伞，衣服会淋湿，容易染上风寒，粮食都会烂掉……”

“但是，我喜欢雨天！”

“为什么？”

烛龙没想到，这个疑问换来的是一长串不假思索的童稚嗓音：

“雨天阿妈不用外出劳作，会坐在家里教我念书，把我抱在怀里。”

“雨天阿爸的伞铺生意兴旺，所有人都笑着对他说谢谢。”

“雨天翅膀打湿的蜻蜓会停在荷叶上打盹儿。”

“雨天是新煮的茶汤飘出来的第一缕热气。”

“雨天是太阳爷爷难得的休假。”

休假？他烛龙就被称为太阳的化身，忙了一万年，哪来的休假？烛龙立马垮下了脸。小丫头乐不可支地跳上他的后背，两手将他的脸颊高高拉起，发出了咯咯咯的笑声。看到她充满活力的笑容，他就觉得厌烦、无聊，对，无聊，这些乱七八糟的比喻也太无聊了，他要让她知道这番话有多幼稚！

“……是吗，那你回去吧，你喜欢的雨再也不会下了。”

红辫少年冷漠地伸出双手，把她从自己头上摘了下来，放在地上，顺手把她的伞“叭哒”丢去了门外。

小丫头眨眨眼，似乎没明白逐客令的意思。

但烛龙从来说到做到。他故意让章尾山附近天天放晴，想让小丫头难过，一连三十日，从朝霞到晚霞，日日天朗气清、阳光灿烂，这让习惯了雨水多于日头的百姓万分诧异。

晴得久了，倒有人开始担心地里的庄稼，从几里外的河里打水浇地，就怕一季口粮全无。一时间，山里家家户户唉声叹气，不得不调了一拨年轻人早出晚归造水渠。

这下她该明白轻易说出“喜欢下雨”的代价了吧？烛龙得意地数着功德箱里堆满了一层又一层的钱币，忍不住笑出了声。

“小哥哥，发生什么开心的事啦？”

这声音……烛龙霎时换了表情，回头瞪着门口那个丝毫不懂得察言观色的小丫头。她伸长了脖子，在努力往他这边瞧。

烛龙忙把功德箱藏在身后，纳闷道：“你怎么还在笑？你不是喜欢下雨吗？这都三十天没下雨了。”

“但是，晴天也很好啊！”

烛龙的眉毛因怀疑而高高挑起，阳光透过菩提树的缝隙撒下来，照在小丫头的手背上，她追逐着光斑的方向，一路小跑，最后扑腾倒在了红辫少年的腿上，哈哈大笑。

“晴天是阿妈晒过的被子挂在树枝上的香味。”

“晴天是阿爹外出砍竹子时，镰刀反射出来的小鱼形状的亮光。”

“晴天是一粒一粒的稻米晒成金黄色之后，踩在壳上滋啦滋啦的声音。”

烛龙听得愣了神。

对天神而言，阴晴雨雪不过是施展神力、令众人膜拜景仰的手段，至于阴晴雨雪本身的意义，他从未深究，也并不在乎。然而，在这么近的地方，却有人将他最漠视的东西当成宝贝，不分好坏地去喜欢。

“晴天不好，夜晚有星星，我怕星星。”烛龙说着，就像最后的抵抗。

小丫头一点也没被难倒，咧开小嘴，门牙又少了一颗，说起话来还有点漏风：“没关系呀！我有伞，你撑着伞，我在旁边把星星长什么样子说给你听。”

烛龙突然觉得，为了多赚点香火就随意毁人心情的自己，才是最无聊的人。

日月交替，四季轮回，他只把它们当作工具；春花、秋柿、夏蝉、冬雪，没哪样能打动他的心；一万年来，他总忙于修炼，没时间去欣赏所谓的极瞬之美；只有人，只有生命如此短暂的人，才会在一朝一夕的缝隙里找寻乐趣，把一晴一雨都当作上天的馈赠。也只有她，会愿意来这鸟不拉屎的破庙里和他说话。

在小丫头万分不解的目光下，烛龙微闭双眼，伸出二指，一缕火星“嗖”地由指尖冒出，很快将庭院正中的功德箱烧成了灰烬。

而后，他大步走出庙门，顺手撕下贴在圆柱上的“求阳灵验”字样的纸条，揉成一团，扔向半空。

纸团落地的瞬间，燥阳笼罩的大地出现了第一滴雨。

什么香火，什么功德，都随它去吧！他万年苦修又不是为了活成囚犯！

烛龙决意不再接受百姓的供养。

诚然，万年前他是个有求必应、好善乐施的神，百姓说要晴就给晴，求雨就给雨，却不料乞求降雨和乞求天晴的众人意见不合，闹出一场纠纷，最后竟演变为跨越数十年、牵连数万人的部族战争。身居高位的无名神人哀叹战火蔓延，罚烛龙于章尾山闭门思过，不解心结，不得回归神位。

万年愤懑，万年孤独，让他忘记了最早为世人点亮太阳的初心。

现在他要随性而活。

怪异的是，烛龙越是下定决心不再干涉章尾山的阴晴雨雪，前来烛龙庙拜他的人反而越多。

他们发现晴雨不再有定数，便踏破门槛，主动献上丰收的米面蔬果，急着吟唱乞求来年风调雨顺的歌谣。

明明什么也没做，功德却在他看不见的时刻积少成多，积土成山；明明什么也没做，无名神人便为他降下天梯，叫他重回神界；明明什么也没做，这一万年的苦修就跟开玩笑似的过去了。

也不知为什么，他就身披霞云织成的长袍，束起红辫，站在熟悉的神界云端之上，看到一个个面无表情的“神”站在监牢般的光明大座前，他忽然觉得一切都陌生极了。

“今，罪神烛九阴于章尾山得悟大道，恕汝余罪，赐汝混沌神力，以示嘉奖。”

无名神人的声音在耳中回荡，烛龙的脚却灌了铅似的迈不出一步。

“上前吧，烛九阴。”

一枚圣白色的卷轴漂浮至胸前。只要接下这卷轴，他便是永久脱离尘世之外的神明。

他如愿以偿了吗？可为什么，他忽然觉得索然无味？

烛龙抬头看到蔓延至远方的白茫茫的天穹，这里是极乐之巅，无忧无虑，无爱无欲，自然也不会有雨后天晴。可连下雨和天晴都没有的地方，到底有什么好？这时，烛龙面前闪现出了小丫头被雨滴打到鼻子时，乐不可支地笑起来的表情。

“你到底喜欢晴天还是雨天？”当时他一脸嫌弃地问。

“我娘说，不论晴雨都是幸运。”

她的回答让烛龙的心底“咯噔”一声。

当着诸神的面，他丢下卷轴扭头就跑，慌不择路，应龙在后唤他，他充耳不闻，无数天将拦他，他一概不管。神界的空气没有温度，他一口气狂奔了十万里，才开始渐渐感受到人界特有的暖意，即使在下雨，这里的一切也让他觉得温暖。

不对，他本不该感到温暖，能像人一样体会寒暖，证明他失去了宝贵的神力。

——他已经是个凡人了。

红辫少年奔跑的速度越来越慢，两腿也越来越吃力。终于，他气喘吁吁地停在章尾山下，一户平平无奇的人家前。

不知为何，明明下着雨，此处仍门庭若市。

“雨晴，我忙不过来，去让门口的客人进来！”屋里传出一名老汉粗重的嗓音。

“知道啦。”

回答他的是一名轻巧灵动的少女，她掀开布帘，由屋内匆匆走出，手中还握着一柄老旧的竹伞。等候在门前的老妇人连连叹气，在她的帮助下擦拭掉发梢的水珠，眉宇间全是忧愁。

“唉，这倒霉催的雨，怎么就下得这么不是时候……”

“但是，下雨之后，地里的庄稼就能长得更好了吧？”少女浅浅地笑着安慰道，“雨天真好啊，就像能把平素摸不到的天空和大地连接起来一样。”

少女的声音戛然而止。只因她看到不远处的雨帘后，站着那名熟悉的红辫少年。

周边的人都忙着躲雨，快步跑去屋檐下，只有他从容不迫地站在雨中，嘴角带着略显狼狈却友善的笑意。少女惊愕地睁大了双眼，随即想起了什么似的猛然走上前，用双手托起了他的脸颊。雨水遮蔽了她耳中的多半声音，但他的话语却格外清晰：

“……敢问姑娘……能教我做伞吗？”

烛龙——妖怪小科普

烛龙相传是山神。

《山海经》中写道：“西北海之外，赤水之北，有章尾山。有神，人面蛇身而赤，直目正乘。其瞑乃晦，其视乃明。不食，不寝，不息，风雨是谒。是烛九阴，是谓烛龙……”

烛龙生活在赤河北面的章尾山，他是掌管风雨的神仙，长着蛇的尾巴，浑身赤红，当他闭眼时，世界便是夜晚，当他睁眼时，便是白昼。他不吃五谷，不休憩，掌管着风雨四季。

奇怪妖名大选

近日，妖怪界开始了一年一度的万妖盛会，盛会中票选出了最美妖怪名。数百个妖怪脱颖而出，其中雨师妾、洛姬雅、白泽等榜上有名。但另一类小妖怪开始对活动进行抗议，名字又不是他们自己取的，既然不能入选最美，凭什么不能举办一个最奇怪的妖名大选！

用 | 户 | 名

鸑鷟

赞1.1万　评论555　分享　收藏　喜欢

不请自来。

不是我吹牛，在座的各位都是文盲。我敢保证，这世间能一口叫出我名字的妖怪没几个。来跟我念，这两个字叫 yuè　zhuó 。

说来不怕你们吓死，我可是凤凰一族。如果大家都以为凤凰只是雌雄一对鸟，那可就大错特错了。

我们凤凰一族可是有五种，老大的羽毛五颜六色，被称为凤；老二为黄色，被称为鹓鸰，老三为青色，被称为鸾，老五为白色，被称为鸿鹄。至于我是最漂亮的一个，全身是华贵的紫色[1]！

1《小学绀珠》卷十。

输入搜索内容

有点生气，为什么都是同宗同源，我和老二的名字那么难写？每次给粉丝签名，都累到吐血。希望大家取名的时候谨慎一些，好吗？

精选评论

毕方：同为神鸟，过来踩一踩。

鹓鶵：我来了，老弟！说起这个奇葩名字真是一把辛酸泪，首先我叫 yuān chú，不叫“喂”。其次，别把我当作普通水鸟，OK？我们凤凰一族是神鸟，十分高贵，非梧桐不栖，非竹实不食，非醴泉不饮[2]的！

用 | 户 | 名

怪哉

赞0.5万　评论333　分享　收藏　喜欢

谢邀，在下觉得这个大选就是为在下量身定制的。

在下不才，虽然只是一只小小虫妖，却与威名赫赫的汉武帝和博学多才的东方朔有一段渊源。

那是一个炎炎的盛夏，听说汉武帝要去甘泉宫避暑。在下十分好奇那位文治武功、威名远扬的汉武帝到底是何模样，于是便化作原形去瞻仰天颜。

在下陋颜，全身赤红，五官皆成形，却是一只小虫。汉武帝见到在下如此模样，倍感惊奇，询问身边侍从，却无一人知晓在下的由来，着实令鄙妖汗颜。

2《庄子·秋水》的《惠子相梁》。

三 奇怪妖名大选

但这可难不倒博古通今的东方朔大人，他只看了一眼便说出了在下的来历。

那还是秦朝时候，秦王暴政，民不聊生，许多无辜百姓被关入狱，受尽折磨。百姓们苦不堪言，向上天哀叹世道怪哉。上天有感，在下集民怨而生，遂名怪哉[3]。

精选评论

钟馗：要除掉此妖也很简单，只要把它放到酒里面，泡几个时辰，即可消散了。

怪哉回复**钟馗：**老道，你不讲武德！

用 | 户 | 名

鬼头鱼妖

赞0.3万　评论222　分享　收藏　喜欢

哪个家伙给我取的这个名字！

不就是因为我长得奇怪了一点，但也不能以貌取妖啊！

仔细想想能有这名字，肯定是数年前的那一次。那还是康熙十五年，我正化作肉身在海里逍遥快活，却被两个瞎了眼的混蛋用网捕上了岸。

从那两人的谈话中知道，一个姓李，另一个姓周。刚被他俩捕上岸，我就叫了七声，想让他们放我回去。

但他们没见过世面，不仅不放我回去，还叫人来围观。幸亏我长得与众不同，不然肯定会被他们啃得连骨头都不剩。[4]

3《太平广记》卷四七三引《小说》。
4《海错图》之《鬼头鱼》。

输入搜索内容

真是气杀我也！气杀我也！

精选评论

小妖 A：好奇大佬到底长啥样？

小妖 B：同问 +1。

海和尚：啊，我和这位老兄是同僚，它长得像大章鱼，上半身像人，有眼睛、嘴巴和宽宽的肩膀，没有双臂和耳朵，下半身是八条细长的章鱼腿，全身长满肉刺。

鬼头鱼妖回复海和尚：死和尚，你也好不到哪去。友尽。

用 | 户 | 名

秃尾巴老李

0.2万　评论111　分享　收藏　喜欢

想来楼上几位都没我名字奇葩！

我这名字的由来，还与人界颇有一番渊源。

在柘阳山下，有一户郭姓人家。那天妻子到河边取水喝，回家后便怀上了孩子，没想到这一怀便是三年。她肚子里才不是哪吒，而是我——一条小黑龙。

郭氏分娩那天，天有异象，不仅打雷下雨，而且还有雷电环绕。我们龙族可是与生俱来驾驭雷电的高手，可郭氏不知道，她见我刚生出来时只是一个小肉球，渐渐形状像长蛇，且身上长出鳞片，头上还长了长角，吓得告诉了丈夫老郭。

三 奇怪妖名大选

老郭提起佩刀直接飞掷过去，正巧砍中我的尾巴。[5]自此，我便断了尾巴。后来村民见我不仅给母亲迁坟，还保佑丰收，便亲切地称呼我为“秃尾巴老李”，渐渐忘记了我的大名“断尾黑龙”。

精选评论

小妖 C：咦？那黑龙大大为啥叫你老李，而不叫老郭或者老王啊？

秃尾巴老李回复**小妖 C：**民间传说纷杂，一说我落生于李姓人家，一说我娘是吃了李子生了我，总而言之，民间都喜欢叫我老李。

小妖 D：我是神龙大大的粉丝。抄袭实锤！哪吒肯定抄的神龙大大的剧本。

小妖 C 回复**小妖 D：**妖界网民都不用考证的吗，妖均键盘侠。《封神演义》明代就有了，记载断尾黑龙的《文登县志》是清朝康熙年间的。

秃尾巴老李回复**小妖 D：**黑粉引战，叉出去！

5《文登县志》：“县南柘阳山有龙母庙。相传山下郭姓妻汲水河崖，感而有娠，三年不产。忽一夜雷雨大作，电光绕室，孕虽娩，无儿胞之形。后每夜有物就乳，状如巨蛇攀梁上，有鳞角，怪之，以告郭。郭候其复来，飞刃击之，腾跃而去，似中其尾。”

悬赏捉妖

你经历长途跋涉，终于在傍晚时分，来到一座繁华的小城镇。在驿站稍作休息，便听到街上传来喧闹声。你好奇地跟着人群流动的方向走去。

暮色将近，但喧哗依旧，人们将一处会馆围了个水泄不通。你挤进去一瞧，原来是一位刚准备在此处歇脚的行商惨死在会馆前。

死者尸首分离，胸口处有利爪留下的伤口。

人群议论纷纷。

“它又来了！”

“一定是那妖怪干的！”

“这是第六起了！”

此时，一群捕头赶来，驱散开围观的人群。

第二日，城中公告栏贴出了悬赏令：“若有找到妖怪踪迹者，赏银万两。”

你心中一动，详细询问了驿站的小二，得知妖怪作案的地点。

第一处为来福客栈，第二处为李府，第三处为驿站，第四处为张府，第五处为陆员外府邸，第六处为北市的会馆。

从地点来看，妖怪所选择的地点皆是人群聚集处。这六个作案地点之间一定有些什么联系。你找来一张城内地图仔细思索，为何妖怪会选择这几个地点呢？它到底藏身何处？

请说出正确答案

成功奖励

答案见116页

可往前两步

2

川之遇
CHUANZHIYU
第三章
「水泽之岸，有妖怪灵犀、无支祁、冉遗鱼……兴风作浪。

燃犀

文◆晚无

灵郁

有人在跟踪。

虽然没有感觉到恶意，灵郁还是带那人绕了几圈，确认他没有跟上，才拐进了一个隐蔽的院落。

院子里看起来空荡荡的，灵郁仔细地看了一遍，看到了几处多出来的陷阱和角落里偷偷冒出来的几个小脑袋。灵郁装作没有看见那些紧张的小脸，认输般举起双手。只见几个小家伙一个个开心地“弹”了出来，还有几个故作老成，严肃与兴奋的表情夹杂在一起，十分滑稽。

灵郁清点了下人数，开始认真地讲起方才的陷阱和躲藏地点中存在的问题。他是能洞察事物的灵犀一族，肩负着教育小妖们隐藏与逃生的重任。孩子们听得认真，但听着听着却意识到，刚才灵郁的认输分明是骗人的，不免有些委屈。灵郁也意识到这一点，赶紧拿出了食物和一些小玩具打断了他们的自我质疑。

“郁哥哥，今天那个小弟弟特别乖，都没有哭。”小女孩方才多分到一个头花，眼睛亮晶晶的。

“我也很乖，当时阿娘走的时候我都没有哭。”

“胡说，你明明晚上躲在被窝里抹眼泪来着。”

两位小朋友开始认真地辩论起这件事，灵郁笑着揉了揉他们的头。

这里的人，经历了战火天灾，失去了于他们而言重要的人，靠着灵郁的接济，认真又小心翼翼地活着。

孩子们开始分享起了“山珍海味”。灵郁转身去看那个“特别乖”的小弟弟，只见他在屋中睡得香甜，全然不见以往的哭闹，那缕一直守着他的意识不知去了哪里。回想起那缕意识前段时间的歇斯底里，灵郁低低地叹了口气，从怀中取出一个香盒，犹豫着放在了桌上。

而屋内那个号称“没有哭过”的孩子，他盯着门外，感觉到了没有缘由的悲伤，他悄悄地将门开了个小缝，却什么都没看见。

灵茶

门外。一路跟踪而来的灵茶有些不耐烦地拦住了那缕一直想要闯入的意识，那意识笨拙地尝试了数十次，开始凄凄惨惨地哭起来。

“老爷，求求了，阿宝不能没有我。

“我的阿宝还那么小，在战乱中怎么活得下去。

"冬天那么冷，他冻着了，饿着了，官兵来了，他不会躲，他吃什么，谁保护他？

"衣服，我还有好多衣服没有给他，还有好多故事，我还没有告诉他，哪些菜能吃，哪些事情能做，我还没有……看着他长大……"

灵荼听着那缕意识颠三倒四地说着，耐心逐渐耗尽。他正欲行动，却见院门被推开了一个小缝，一双眼睛四下张望，而那意识不知是受到了什么刺激，身影凝实起来。她忽地冲向门，然后被结界弹了回来，那结界也跟着颤了颤。

灵荼不想被发现，不由得更加烦躁："够了，你为了得到灵犀香，让幼子哭闹不止，诱骗我族之人，如此，给你瞧瞧罢。"

灵荼取出些许粉末，冷笑道："你真的以为，这是为了他好？"

粉末倏地燃了起来。这是魇粉，魇兽一族的珍宝，可让人在梦境中预知未来。

阿宝

这是……梦境吗？

阿宝看见一个白衣男子抱着他，一些小孩子围在他旁边说着什么，阿宝突然有些悲伤，他好像隐约看见一个不甚清晰，却让人心生亲切的身影，可仔细一看，哪有什么身影。

阿宝有一个秘密，从小他能看到死去人的意识体。长大以后，他成了一名士兵，作战勇猛。但是在那个梦境中，一把利刃穿过他的胸膛，温热的血溅在他的脸上，他猛然惊醒。那梦境也轰然炸开，一回想，竟是什么都想不起来了。

是了，他刚刚打了一场胜仗，他几乎是以同归于尽的魄力取了敌将首级。

"你这孩子，那么大的刀劈过来，都不知道躲一躲，你死了叫娘怎么办？"阿宝有些恍惚地寻找到了声音的来源，他那成为意识体的母亲哭红了眼。

对阿宝而言，他们所谓的"死"不过是换了种形式的"活"，那些战友虽然肢体不甚完整，却仍旧可以与他把酒共话家国热血梦。

所以，阿宝不知死，也不惧死。

或许是战场上的刀剑都惧怕了阿宝的"不知死活"，凭借着一腔孤勇，阿宝从一个无名小卒变成了一个常胜将军。

阿宝受伤昏迷了三日，醒来后思维还有些混沌，面对阿娘的询问，他未经思考地回道：“我若躲了，便错过了将其一刀毙命的时机，再说，有何惧之。”

宝儿看见母亲的脸色变了，似惊讶还有几分……自责？他不懂。

他醒来的消息传遍军营。有人陆陆续续来看望他，那些人脸上是强撑起来的喜悦和满满的疲惫。

军师是最后一个来的。

“将军，此次战役本有迂回之策，可避免至少五成的伤亡，将军为何要铤而走险？”

“何须如此麻烦？”

“士兵守卫疆土，是其职责，我辈义不容辞，然士兵亦是他人之子女、父母。烦请将军在排兵布阵时为士兵多考虑一下。”军师说完，将头重重地磕在地上。将军是常胜将军没错，但他不惧死亡，也不在乎士兵的死伤。只要能赢，那些牺牲的将士于他而言不过是一个数字。

阿宝不回复，军师便一直磕头。

“军师，死有何惧。”

军师的心冷了。阿宝不懂军师为何面如死灰，正如他不懂他人面对生离死别为何悲伤至极。死有什么可怕，死是什么呢？

当一把利刃穿过阿宝的胸膛，温热的血溅在他的脸上，他又想起了这个问题，想起了那已被他遗忘的梦。

他为了胜利，不惧自己牺牲，不在意他人牺牲。

但是在梦中，他在意胜利，更在意将士的生命，他拼尽全力与军师谋划布局，又在“同院好友”的帮助下，改良灵郁所教的机关术，力求将损失降到最低。

他毫无畏惧，一夫当关，万夫莫开。

梦中，他心有所惧，却为了心中的理想、身后的同胞，冲在前方，不曾回头。

梦中，不曾有母亲的意识体，他也不能看见那些逝去的战友，他能做的，不过是用孔明灯祈福，向圣上祈求恩典，让亡魂荣归故里。

梦里……

梦里他死之前是什么模样？

他的意识逐渐模糊，不知过了多久，又清醒起来。他看见全军上下一片缟素，他听见哀转的乐曲，那是故乡的歌，他听见那低低地哭泣，他被悲伤淹没了。

又是一场战争。阿宝挥起熟悉的刀，那刀穿过敌人，敌人毫发未损。阿宝像疯了似的一遍遍挥起大刀，连一阵风都未曾带起。刀，无力地坠在地上。

原来，他真的死了。

不知生，焉知死。不知死，焉知生。

那个梦真的是梦吗？还是他的另一种人生？

母亲

她看到阿宝手中的刀无力坠下，锵的一声，砸在了她的心上。

她的阿宝，她的阿宝……

她死于一场战乱，她用生命护住了宝儿。

她看到宝儿被一个白衣男子抱走，带到了一个隐蔽的院子。那个院子有许多小孩子，他们对于这个新加入的小弟弟表现出了极大的好奇与偏心，他们会把偷偷藏起来的零食给他吃，会制作一些小玩意来逗他，还会与他分享那个白衣男子教给他们的知识，看他一笑，他们表现得更加开心。

可是，她还是不放心。固执地陪在宝儿身旁。

她无意间听到，一个小女孩和一个小男孩的对话，那个男孩的母亲也离开了他。

“唉，你是在哭吗？”

“没有没有。”小男孩背过身胡乱地擦了擦眼泪。

“再哭，你就成小花猫了，其实，我有时也会偷偷想他们，如果他们还在，我是不是每天都会被打扮得漂漂亮亮的，是不是就会有人把我抱在怀里，温柔地给我讲故事……可是，我遇到了你们……”

她已经听不下去了，满脑子都是小女孩那句“如果他们还在”，她的阿宝还需要她，她不能离开她的阿宝。

后来，她知道了那个白衣男子的身份，他叫灵郁，是一只灵犀妖。灵犀角，燃之有异香，两界可互通。有了灵犀角，阿宝便能看见她的身影，听见她的声音。

灵犀角，只要有了灵犀角，阿宝便不是孤儿了。

于是她开始苦苦哀求灵郁，她不愿去想其间的利害关系，一遍遍哀求，甚至有些疯魔。每每她伤心欲绝时，阿宝也似有所感，跟着哭泣。她能感觉到灵郁的动摇，就在以为将要得偿所愿时，她被一个长得与灵郁很像的黑袍男子捉走了。

她被困于结界，不得进入院内。可她的阿宝还在院里，她要进去。她不知道该怎么破除结界，只得拼上所有力气撞向结界，却被结界弹了回来。

她听到了那个黑衣男子的话。

他点燃了粉末，让她做了一场梦，一场噩梦。

噩梦醒了，她想，她该离开了。

灵荼

请不要离开，母亲。

小灵荼红着眼眶，固执地攥着母亲的衣角，一遍遍哀求道。

“不可胡闹，生死哪是你可以左右的。”小灵荼听到母亲冷冰冰地呵斥，随后便看到母亲的躯体化为点点荧光。小灵荼下意识地去抓，但想到母亲与族人的训诫，强迫自己收了手。

荧光散尽，只余下一捧洁白如雪的粉末。

是灵犀香。

一旁懵懂的小灵郁似有所感，一滴眼泪啪地落下，砸在小灵荼的手上。小灵荼愣愣地看着弟弟，他世上唯一的亲人。

族人说他们兄弟的名字取自神荼郁垒，是被寄予厚望的妖。于是身负族长之责的灵荼迅速地成长起来。他想着自己快些长大，这样就可以护着弟弟，弟弟就不用那么辛苦了。

后来，人间战乱。弟弟央求他，说想去人间看看。灵荼不忍心拒绝破天荒求他一次的弟弟，叮嘱了许多，末了，又加了一句“不可左右生死”，这是母亲留下的最后一句话。

灵荼不放心弟弟，便派人暗中保护他，保护他的人说，灵郁收养了一个孩子，灵郁又捡到一个孤儿，灵郁找到了一间院落安置孩子们，灵郁教孩子们机关术，灵郁……有一个意识体识破了灵郁的身份。

灵荼跟着弟弟见到了那个意识体。恍然间，他想起了他的母亲，还有那句“不可胡闹，生死哪是你可左右的”。灵荼看着那意识体一点点消散，像极了那时的点点荧光，下意识地去抓，可是荧光散去，却是什么都没留下。

盯着空荡荡的小路许久，灵荼自觉可以功成身退，但想到灵郁似乎在屋里留下了什么东西，灵荼纠结了一下，还是闪进了屋中。

屋内，一盒粉末静置桌上，灵荼无奈地摇了摇头，收起了那盒粉末。

他想着，若是这两界互通，人类和异界之物该如何相处？弟弟不懂这些，他愿意慢慢去教，弟弟的良善之心，他愿意帮着他守。

收好香盒，灵荼正欲离去，却发现那桌子上浮现出一行小字——

与君幽明道别，何意相照也？

而这行字后，是一行灵犀族的文字，写的是：哥哥，勿念。

妖怪小科普——灵犀

《异苑》卷七中记载了这样一则故事：晋朝时，有个叫温峤的人，他行路到牛渚矶，看见水深不可测，听附近传言水下有许多怪物，温峤就叫人点燃犀角下水照看。不一会儿，只见水中怪物前来掩火，奇形怪状，还有乘马车穿红色衣服的。不久之后的夜晚，梦中有人愤怒地对他说：“我和你幽明有别，各不相扰，为什么要来照我们？”

不久之后温峤便病逝了。

后世更有民间传言，燃犀角可通灵。

桃屋

文◆久南乔

千菱平生最不愿听到的话，就是“没娘的孩子真可怜”。

她是有娘的，阿娘温柔贤惠、勤劳勇敢，含辛茹苦地独自养育了她七年，只是不幸染了肺病才会早早离世。她不喜欢他们的同情。

枯枝上的乌鸦发出干哑的啼鸣，千菱眼眶通红地望着在墓碑前诵经的和尚、叹息而过的邻人和本想砍柴却因葬礼作罢的骂骂咧咧的农户，硬是一滴眼泪都没有掉。夜色将至，坟前聚集的人也三三两两地离去，最后只剩了她一人。

阿娘还在的时候，每晚都会带她一起读书。她还记得阿娘病倒前的那晚，在昏暗的烛光下，阿娘翻开一本志怪集，憔悴却轻快地念出上面的故事。

“世上有种古木精，能幻化成白兔的样子，但如果被人叫了它的名字，就会消失。”

“那它岂不是很可怜？”

“不要轻易说别人可怜，千菱。”阿娘替她拢好被角，咳嗽了一声，“你也不愿意被当成可怜的孩子吧？说不定看似可怜的人，也在努力过好每一天，有自己的喜怒哀乐，能比其他人活得更精彩。”

阿娘说得对，她才不可怜！

千菱踩在燃尽的鞭炮壳上，抬头仰望无垠的星河，晚风微寒，村里传来阵阵犬吠，家家户户都飘出了炊烟，千菱以前也闻过这个味道，是热乎乎的饭菜即将出锅的香气，但她再也闻不到了。那间黑漆漆的小屋里，再也不会有人亮起烛光，一针一线地缝着冬衣，微笑着等她归来了。

她忽然觉得两腿没了力气，只能倚靠在墓碑后的枯木上，手指紧紧抱着冷冰冰的树干，强忍了数日的泪水终于不争气地掉了下去。

“阿娘……我想你了，你什么时候……才能……回来……”

千菱哭肿了双眼，鼻子酸得难受，满脸都是擦眼泪留下的泥痕。明明四下越来越冷，她却并不想回家。

这时，树林深处“嗖”地响起了某种小动物擦过草丛的声音。

千菱有些警惕地站起来。阿娘说过，林中有不知名的野兽，务必要当心。她四处转着眼珠，又听到“刺啦”一声，脚边顿时多了个软乎乎的东西，居然还会动！

“啊——”

由于惊惧，千菱往后坐倒在地，那欢快地竖起耳朵的小动物往旁边跳了跳，一双漆器般的红眼睛反射着月光，竟格外可爱。

是只小兔子！见千菱害怕，它伸出舌头舔了舔她的手背，一身软乎干净的白色皮毛直叫人想把手伸过去摸个痛快。

“咦？”

千菱还没反应过来，就见那白兔身上冒出耀眼的金光，她下意识地用手挡了挡眼睛。待她放下手背，面前竟多出一张无比熟悉的面孔——正是她心心念念的阿娘。

是她在做梦么？千菱震惊地眨了眨眼，还好，阿娘还在。阿娘正弯下腰笑意盈盈地看着她，脸色就像从没生过病那样好。

对了，阿娘是不是讲过那个妖怪的故事？莫非……

女子微微一笑，轻轻牵起她的手，也不解释，便带她走回无人驻留的小屋，点亮了桌上的烛台，又将柴火放进炉子里，走到案板前细细切起了蔬菜。幸福突然失而复得的千菱什么也不敢问，从头到尾直勾勾地盯着女子的脸。

确实是阿娘，阿娘细长的眼角，阿娘弯弯的眉毛，阿娘往炉火里吹起时鼓起的脸颊，还有将平凡的食材化为佳肴的手艺。

女子备完晚餐，坐在她身边，万般温柔地摸了摸她的头。千菱顿时忍不住想呼喊出声："难道你真的是阿——"

她说到一半，忽然觉得哪里不对。

在那个故事里，妖怪若是被叫了名字，就会"啪"地消失！所以她绝对不能叫出"阿娘"这两个字！

千菱一把捂住了嘴。女子有些疑惑地看着她，她连连摇头，跑回餐桌旁，也不顾熬出的粥有多滚烫，大口大口地吞进嘴里。

"……嗯！好吃！好吃！"

一定是死去的阿娘担心她一个人受苦，才特意幻化成妖怪回来探望她的！她要忍住，不能叫阿娘的名字，这样阿娘就能一直一直陪伴在她身边了。千菱想到这里，紧皱的眉头终于放下，她越想越开心，哭肿的眼睛也不再觉得疼痛，最后握着汤勺"咯咯咯"地笑了起来。

千菱又变成了"有娘的孩子"。

当然，在外人面前，她从来都假装自己是独自生活。阿娘幻化而成的桃屋妖是她最大的秘密。阿娘从不说话，只默默帮她洗衣做饭、整理杂物、耕种后院的田地，偶尔也会去树林里采些野菜。千菱总是半步不离她，似乎一把视线挪走，阿娘就会再也不回来。

没关系，没关系。只要阿娘能在她难熬的时候笑着摸摸她的头，这就足够了。

就这样依偎着仅存的温暖，千菱渐渐长大成人。

村里人都夸千菱出落得聪明伶俐，窈窕动人，上门提亲的人踏破了门槛。不过，当他们提议到屋中坐坐时，总会被她以五花八门的理由搪塞过去，至今也没人进过她家后厨。每当夜幕降临，千菱才会拉着“阿娘”走到院中，仰望头顶的明月。

“你别担心，我一定哪里都不嫁。我要一直陪着你！”

千菱掰开一块桂花糕，递给面露愁色的女子。女子笑了笑，似有无奈之意，却终究是一言不发。

就在“死而复生”的第八年，阿娘忽然又病倒了。

那时千菱刚给邻家借了柴刀，今年柴价上涨，村里也多了一群伐木工，从早忙到晚，千菱回到家推开门的那一刻，就看到端着菜粥的阿娘猛然栽向火堆，险些烧着了脸，得亏千菱反应快，在千钧一发之际扶住了她。

“你怎么了？阿——”及时吞回脱口而出的呼唤，千菱急得满头大汗，“你，你没事吧？我这就去找人帮忙！”

赤脚跑到村中的千菱这才意识到，阿娘是妖，她根本找不到能替阿娘看病的行脚医，连知道阿娘存在的都只有她自己。要是他们发现阿娘是妖，会不会将其五花大绑，架在火上烧死？

绝望的千菱急得泪如雨下。

最后，她只能狂奔到土地庙前，一个劲地磕头，乞求土地公保佑阿娘的病情好转。

渐渐地，砖石上都出现了星点血迹。

“天公有眼，我家阿娘没做过任何坏事，您已经带走过她一次，她好不容易才回来的！为了不让她消失，千菱忍着八年来都没叫过她一声阿娘，恳请上天怜悯，别再带走她了！”

大约是千菱磕破额头的诚意打动了土地公，庙宇中传来了苍老的回音。

“……起来吧，可怜的孩子。”

我不可怜。千菱想说，但她憋了回去，如今土地爷显灵，她只有感恩的心，哪敢说一个“不”字？

“土地公，求求你，求求你救救我的阿娘！”

“嗯……此女生命垂危，半只脚踏进了冥界，你且附耳于其枕边，唤她九十九回，方可将其魂魄召回现世。”

“……欸？”

道谢的话语还盘旋在舌尖，千菱的欣喜便如被泼冷水。如果她叫了阿娘，阿娘岂不是就要永远离开自己了？不，她无论如何也不想看到这种事发生！

但……要是她什么也不做，阿娘就会饱受病痛折磨，直至死去。

千菱慢慢低下头。

清亮的明月一如从前，冬日的凛风冰冷刺骨，只穿着单衣的千菱丢了魂似的走回家中，跪坐在病榻前，小声抽泣起来。和阿娘共度的时光都历历在目，她还能清晰回忆起墓碑前阿娘出现的瞬间，仿佛再次感觉到了眼泪滴在枯木上的温度。

是自己太贪婪了，平白从阎王手中抢回了阿娘这么多年，她要知足，不论阿娘会不会消失，都比继续让阿娘受苦好得多。

千菱紧紧握住榻上那双因病痛而僵硬的手，贪恋而不舍地看着那张充满慈爱的面容，终于，咬牙闭上双眼，张开颤抖的唇瓣。

“阿娘……”

“阿娘，阿娘！阿娘——”

念出第一个字时，她心如刀绞；到第二次呼唤时，泪水难以自抑地溢出了眼眶；第三次喊出阿娘的名字，胸口仿佛有什么东西被抽空；但到了四次，她忽然感到了前所未有的欢喜，因为她忍耐了整整八年，总算有机会呼唤至爱之人的名字。

一遍又一遍……她喊到声嘶力竭，喊到喉咙都隐隐作痛，表情也从委屈逐渐转变为感谢和释然。

谢谢你变成妖怪也要赶来我身边。

谢谢你……让我诞生于世。

“唔……”

昏睡中的女子许是听见了女儿的呼唤，手指弯曲了一瞬，而后，紧闭的眼皮一点点抬起，干燥的嘴唇稍稍蠕动。她听见了，她醒过来了！千菱深深地松了口气，瘫倒在地。

“古木精，似兔，名桃屋，见之呼名，止。”

阿娘也是时候离开这个原本就不属于她的人世了吧。

然而，令千菱百思不得其解的是，病榻上的阿娘并没有当即消失。

何止是没有当即消失，到了第二天，她还稳稳睡在榻上，恢复了和缓的呼吸，脸色也好了许多，甚至能伸手轻抚千菱的额头，露出熟悉的笑容，虽然还未痊愈，却不再在鬼门关附近徘徊了。

惊愕的千菱一路跑去了昨夜显灵的土地庙，开口就是一长串疑问：“土地公！土地公！能不能告诉我，为什么我娘没有消失？她不是变成妖怪从地府回来看我的吗？我叫了她的名字，她就该走了呀！”

“少安毋躁，”庙里回荡起了土地公和蔼的嗓音，“……你何时叫了她的名字？”

千菱愣了愣：“可是，我不止叫了阿娘，也叫了阿娘的乳名啊！”

“非也，非也。她并非你的母亲。”

“欸？”

“此妖名为桃屋，见你孤苦无依，心生恻隐，才幻化为人形来到你身边。之所以选了你母亲的样子，应该是担心你害怕吧。”土地公的每一个字都落在她的心上，“你与她只是本无关联的过客，你唤她阿娘，却是误会了。你仔细想想，她可有一次在你面前说过，自己是你阿娘转世？”

千菱张大了嘴，半天都说不出一个字。

确实，从一开始，只是她凭着直觉做了些无端的猜测。桃屋之妖唤名则止是事实，可那妖本就不是阿娘，又怎会因她唤的一句“阿娘”从她面前消失？

但是，为什么那妖不是阿娘，却要默默照顾她八年？

不知不觉间，一股暖流涌入心间，渗入缝隙，抚慰了千菱所有害怕的情绪。她发觉，桃屋之妖与自己共度的时间，比真正的阿娘还要长；她发觉，正因为这份爱不属于责任，才会显得默默微笑的阿娘越发可爱；她发觉，今天的自己比昨日更能感受到她八年来无私的关怀。

如果阿娘不是因为阎王召回才病倒的，那答案一定就藏在别处……

“啊！”千菱恍然大悟，转头慌忙跑去阿娘的坟地，在那里，墓碑依旧屹立于土坡之上，但曾经枝繁叶茂的古木却被人挖断了一半树根，根须空悬在外。原来，伐木大潮才是阿娘倒下的元凶。但也因为这次阴差阳错的意外，千菱才能发现自己一直被他人深深爱着的事实。

现在，该轮到她来救阿娘了。千菱对自己重重点了点头。

从早晨到深夜，千菱的劳作从未停息，她笨拙地挥舞着铁铲，从别处挖来几筐土，一点一点地重新包裹住暴露在外的树根，汗水打湿了衣襟。当太阳再度升起时，疲惫不堪的千菱趴在老旧的墓碑上松了口气，指尖满是泥垢，额头也沾满了污渍。这时，一只温热的手掌抚上了她的后脑勺。

千菱惊喜地抬起头，眼中映入了阿娘如朝阳般温暖人心的眉眼。她的身体好多了，能从病榻上起身、走到这里就是证明。看她困惑的表情，好像在问：“你怎么了？”

“呜……”

下一个瞬间，千菱忽然一把抱住了她的肩膀，她抱得那么紧、那么厚实，像抱着一只毛茸茸的小兔子。这次，千菱终于能尽情喊出那句发自肺腑的呼唤：

“阿娘，我最喜欢你了——”

桃屋——**妖怪小科普**

“古木精，似兔，名桃屋，见之呼名，止。”

据《礼纬含文嘉》记载，桃屋是一种由古木幻化而成的精怪，它长相似兔子，如果见到桃屋时，呼唤它的名字，它便会消失。

也有一种说法，见到桃屋会有好运，吃掉它可以长命百岁。

无妖

文◆三心草Flora

这人呐，说到底，还是比妖更可怕的存在。

京城这两日热闹得紧，据说是有外邦来的杂耍班子，见天地在朱雀街上表演。什么缩骨、吞剑、吐火，外加胸口碎大石，直把围观百姓看得一愣一愣，忙不迭地叫好，连手掌心拍肿了也毫不在意。

白舒雍容地坐在龙椅上，睥睨着这一切。

这是他的国度，四海升平，东风入律，八方来朝。人们都说，只有最强悍的统治者，才能开启如斯盛世。

白舒低下头去，嘴角微微上扬。

“皇孙，又在用功？”威仪的声音自身后响起，白舒回过头，见太皇太后身穿裘皮大氅，正缓缓向他走来。

白舒连忙起身，收起方才的得意，毕恭毕敬地搀住太皇太后的手：“不过是那些大臣们上的琐碎奏折，不看又不妥……太皇太后不必挂心。”

“政务再忙，也要注意休息。”太皇太后笑笑，伸手将白舒额前的一缕碎发拨到他耳后。

有那么一瞬，白舒的身子往后躲了躲。但理智又驱使他迎上去：“太皇太后放心。”白舒没有忘记，这个皇位是太皇太后让他坐的。虽然所有表面的功勋都属于他，但实际上，她才是掌控一切的幕后推手。

风光之下，是太皇太后专政。而白舒还没有能力违抗她的旨意。

“哀家自然放心。”她敏锐地觉出异样，却未声张，只是满意地点点头，“不过，皇孙，后日便是你二十九岁的生辰，不知可有安排？”

“还未有什么安排。”白舒道。

“你呀。”太皇太后叹一口气，“虽说不是整岁，但宫宴仍是必须……你素来勤勉，不喜铺张，可哪怕是你我二人对坐一番也好。哀家听说最近来京城的杂耍班子不错，不如就宣他们进宫，为你助兴？”

白舒顺从地鞠一个躬：“全凭太皇太后做主。”

二

入夜，杂耍班的全体成员都围聚在篝火旁，眼睛死死盯住马车上盖着黑布的铁笼子。班主举起酒坛，往每个人手中紧握的白瓷碗里都斟满了酒：“此去皇宫，凶险异常……不成功便成仁！”

众人不语，只是将酒齐齐喝下，然后砸碎了酒碗。

“有把握吗？”映着月色，一个扮演小丑的少年抬起头来，怯怯地问。

班主像是没有听见，完全将他忽略，径直对其他人道：“这笼子里关的，可是我们杂耍班的镇班之宝。千万要小心，能不能引那个人入局，就看他了。”

少年闻言，十分好奇，探起头便往那黑布的缝隙里望去。忽然，从里面传出一阵“吱吱”的叫声，像是有活物在挣扎，竟连带着整个笼子也为之一震。

少年一个踉跄，险些摔倒在地。

“都说了，让你们当心点儿！”班主没好气地挥了挥手，把笼子上的黑布又掩实了些，“这东西是要献给皇帝的，弄坏了，你们谁赔得起？”

少年咂咂嘴：“班主，这笼子里装的，到底是什么？”

“想知道？”班主问。

“嗯嗯。”少年堆起笑脸。

“无支祁，”班主道，“传说中的淮水水妖。”

“什么？！”少年这回是真的被吓得一屁股摔倒在地，“那……岂不是妖怪？”

“妖怪怎么了？”班主一副淡定的表情，“要不是捉到了妖怪，我们哪有机会接近皇帝？”

少年听罢，默默咽了口唾沫。

这时，一片乌云从头顶掠过，遮住天空中半轮明月。夜更深了，风呼啸着从耳畔刮过，杂耍班的人都在班主的引领下收拾停当，熄灭篝火，踏上了入宫的路。

三

翌日，整个皇宫张灯结彩，侍女们来来往往，将佳肴奉上。白舒谨小慎微地呷进一口美酒，坐在太皇太后身旁，和乐融融地观看杂耍班子的表演。

缩骨、吞剑、吐火，外加胸口碎大石，这一套表演下来，逗得太皇太后合不拢嘴。其中，她对那个扮演小丑的少年格外赞赏，还下令赏了他好几斛珍珠。

“启禀太皇太后，我们还有一个节目，从未对外表演过。”班主见状，忙道。

“哦？”太皇太后的兴致很高，“那快快演来。”

盖着黑布的铁笼子被抬上大殿，班主谄媚地俯身，打开枷锁，露出底下若隐若现的一角：“太皇太后，请看！”

“这是什么？”太皇太后坐直身体，探出头去，只见一只毛茸茸的前臂正从阴影中缓缓伸出。时光仿佛凝固，巨大的悬念即将揭晓。所有人都屏住呼吸，站在一旁的少年亦不由地咽了口唾沫。

只有白舒不动声色。待到那东西全部现身，弱小的身躯在铁索的束缚下活蹦乱跳，班主呼出口令，又指挥他做了几个逗趣的姿势。

太皇太后失望地叹了口气：“哀家当是什么……这不就是耍猴吗？”

“不，这并不是普通的猴子。”班主道，“您看他白头青身、火眼金睛，跟《山海经》里描述的水妖无支祁很像……”

“无支祁？”太皇太后疑惑道。

“相传在大禹治淮水时，无支祁作怪……”班主道，“于是，禹愤而召集群神，命应龙擒获了无支祁，并用大铁索锁住他的颈脖，拿金铃穿在他的鼻上，把他镇压在淮阴龟山脚下，从此淮水才平静地流入东海……如今，我只需稍加驯服，无支祁便能如此乖顺地为太皇太后表演，可见太皇太后乃是和禹一样的当世明主。”

一席话说在太皇太后心坎上，她满意地笑了。

但白舒不。

原来，在有心人眼里，这天下依旧是太皇太后的天下，不是他的。白舒不自觉地背起手，走下龙椅，踱步到无支祁旁。班主紧随其后，跃跃欲试，藏在怀里的尖刀几乎就要出鞘。

“这么说，此妖为你所驯，也必定为你所用。”白舒忽然驻足道，“那假若脱离你的掌控，他岂不是又会为祸一方？”

“这个嘛……”班主顿了顿，一时语塞。

闻言，那无支祁似有灵性，顿时面露凶色，直把铁索拉得铮铮作响，几欲挣脱。

“保护太皇太后！”不知谁嚷了一句，厚重的人群便迅速形成盾牌，拥住太皇太后，往后宫移去。

侍女们乱作一团，餐盘摔得到处都是。班主见势不妙，只得跟随惊慌的人群一齐退下。一时间，喧哗的大殿上只剩下空荡荡的两个人……和一只妖。

白舒和那少年面面相觑。

“你怎的不逃？”白舒问，“难道就不害怕？”

少年定了定神，伸手拍拍衣衫上的尘土：“我在找你。”

四

“这一天，终究还是来了……”白舒的嘴角勾起一丝浅笑，“那妖就是你吧？”

少年不置可否。

没错，他就是无支祁。

为了隐藏妖怪的身份，不引发时局动乱，殃及百姓，无支祁化作人形，混进杂耍班子，并用一缕元神幻出真身，将那个传说中的水妖送进了班主的帐篷。

这些年，白舒的国家欣欣向荣，不少外邦唯恐他野心膨胀，将来会对自己的国家不利，因此派了不少刺客暗杀，无支祁正是抓住了这个时机。他给了班主足够的噱头，让一切愈发顺理成章，但他不要班主杀白舒。

因为白舒是他的，他想见到白舒。

“那一声‘保护太皇太后’，是你喊的吧……”白舒道，“你支开御前所有的人，该不会只是想同我叙旧？”

好久没有来这里，皇宫里的风该是比外面的更冷。此刻，屋檐下的彩幡猎猎作响，无支祁的面容冷峻，语气凛冽：“我是来拿回属于我的东西。”

白舒笑了：“笑话，你有什么东西在我这儿？”

无支祁反问道：“你说呢？”

五

白舒第一次见到无支祁的时候，只有九岁。

他还记得，那一年夏天，雨水颇丰。接连不断的洪峰导致淮水溃堤，两岸百姓民不聊生。于是，他的父皇携母后一起，亲临现场，主持赈灾。

那真是一场不可思议的事故。

本来经过连日修筑，堤坝已日渐稳固，水退了，他的父皇独自上桥，想要探查四周情势。谁知桥上的板砖忽然塌了，父皇无所依托，跌落水中。母后情急之下伸手去救，却也脚底一滑，跟着跌入水中。

可那是一座石桥啊，怎会如此脆弱！他不顾众人反对，执意要去淮水查明真相，哪怕登基大典就在十日后。

是夜，白舒在心腹的陪同下，悄悄溜出皇宫。马蹄飞溅，泥泞的山路弄脏了他明黄的云靴，满眼都是奔腾的水流。白舒不知满朝文武为何那么冷漠，皇帝死了，换下一任就好，仿佛他们只是毫无血肉的工具。

如果这样，白舒情愿不做皇帝，他想陪在父母身边。

月亮升起来了，精疲力竭的白舒跪倒在岸边，万念俱灰。眼泪落下，滴进水里，溅起一朵小小的莲花。不一会儿，从那朵莲花中走出一个形若猿猴的妖怪。

白舒不由地被吓了一跳。

“傻孩子，别哭了。”那妖怪道，“我叫无支祁，是住在淮水里的水妖……你别看我样貌丑陋，心地却很善良。”

白舒懵懂地点点头。

“前日发生之事，我已目睹，想是有人从中作梗。”无支祁道，“我知其中原委，因此做主护住了你父母元神，他们此时都在水下。”

“真的？”白舒擦了擦眼泪。

“这还有假？”无支祁道，“想要见到他们，我有一个办法。”

“什么办法？”白舒问。

“水下的世界，不是凡人可及的，我会用妖力加持，给你一个时辰的时间，同他们会面。”无支祁道。

“一个时辰？这么短吗？”白舒悲伤地说，“我自小长在深宫，被皇祖母养大，极少与父皇母后相见。皇祖母待我很好，总是将我带在身边，陪我玩耍，教我习字……皇祖母慈爱，时常教导我父皇政务繁忙，要我不去打扰。我虽点头应允，但内心却十分期盼能见到他们，哪怕只有一面。”

“哦？”无支祁应道。

“我还记得六岁那年中秋，父皇难得清闲地同我一起塑了一只泥偶。他抚摸我的头，说我还太小，等长大些一定会派人来接我与他们同住……我信以为真，想他们时便看一看泥偶。”白舒道，“等我大了些，本以为终于可以常伴他们左右，没想到却遭此横祸……莫非我和他们的缘分，便只有这区区一个时辰？”

白舒说罢，泪又落下来。

无支祁动容了。

“若想常伴，办法也不是没有……”无支祁道，“就看你是否愿意放弃人间繁华？”

“我愿意。”白舒想也不想地说。

“那好，以我的妖力，至少能维持你的父母元神二十年不散。但这人间一年，水下万年，也就是说，你至少能在水下陪伴你的父母二十万年。你可愿意？”无支祁道。

白舒的眼里闪出光亮：“当然愿意。”

“只是若你不在，这皇位……”无支祁犹豫地说。

“自可让贤。”白舒抢道。

六

“所以，无支祁，这难道不是我们说好的吗？”白舒眉头一挑，转身在龙椅上坐好，“你又来我这里做什么？”

“无支祁？”少年嘴里发出一声冷笑，“你彼时欺我年幼，让我替你承受了二十万年的责罚，竟然还敢如此大言不惭？”

无支祁从来都不是什么好妖。

班主说得不错，当年无支祁祸乱淮水，是被禹镇压在水中的。活动空间极其有限，他颈脖上套着铁索，只有趁着月色，才能浮出水面透透气。

透气时他恰好遇见小白舒。

可惜，年仅九岁的白舒并不知道这些前尘往事。他只当无支祁是好心为他，就稀里糊涂与无支祁交换了元神。

只要成为无支祁，白舒便能入水，与父母同在。

可水中没有父母，一切都是无支祁的骗局。整整二十万年，白舒被铁索锁住，困于淮水。偶尔他也趁着月色，浮出水面，听渔家谈论当今盛世。

那个高高在上的皇帝。无支祁？就凭他？白舒心里满是鄙夷，这本该是他的天下。

但是没有人知道。

水流似一条长鞭，永无止境地打在白舒身上。长夜漫漫，不甘与懊恼反复交织，滋生了他的报复心。

重获自由以后，白舒做的第一件事，就是去找无支祁。他的苦，他已替他受了太多，而他的位置，也被占据太久了。

如今，真正的白舒的妖力早已精进不少。

“你害得我好苦。”白舒扑身过去。

手指几乎要掐进对方的咽喉，这样的力度，凡人之躯的无支祁根本无力抵抗。

“等等！”就在千钧一发之际，无支祁眼珠一转，说出一个更加令人震惊的消息，“我知道杀害你父母的人是谁！”

什么？

周身的妖力减弱不少，那个盘桓在白舒心中已久的疑问，终于要揭开谜底。难道父皇之死真的不是意外，而是谋杀？

白舒抑制不住心中的惊怒：“是谁？！”

“是太皇太后。”无支祁道，“当年，我就预感你父皇的死十分蹊跷。果然，经过我这么多年的调查，发现是太皇太后命人在那座石桥上动了手脚，才导致他落水……你看，哪怕贵为皇帝，我也不忘为你筹谋，你是不是应当感谢我？”

白舒的声音颤抖：“不可能！那是最疼我的皇祖母，她怎么会杀我的父皇？！”

无支祁侧身，轻轻用手将白舒推开：“也难怪，你那时方才九岁，涉世还未深。而我在这宫中二十载，早已谙熟各方秘密。”

“什么秘密？”白舒问。

“那时太皇太后还只是才人，你父皇是她从育婴堂买来的……后宫中人心险恶，她早已无法生育。”无支祁道，“正是因为你的父皇，她才一路受封、晋升。不过，你的父皇性格刚烈，不甘于做她争权夺利的工具，更不愿遂了她的心意，为皇家绵延子嗣。而你自小温顺、单纯，是太皇太后从堂兄家千挑万选过继来的皇孙，这也是为什么太皇太后自小便不许你和父母见面，又那么急于要杀死你的父皇，扶你上位。”

“你又骗我！”白舒吼道。

“我骗你做什么？”无支祁长叹一口气，“我也是做了人以后才知道，凡人的世界如此复杂……想当年，我叱咤风云、心狠手辣，可跟你们人比起来，还是差得太远。”

真相来得太突然，白舒整个人怔住。

“其实，你要对付的不是我，而是太皇太后！”无支祁一边安抚，一边趁白舒失神，打了个响哨。忽然，数十名暗卫从天而降，将白舒和那个铁笼子围在中央。

“杀！”无支祁道。

暗卫们手起刀落，一簇鲜血绽开。

“你……”白舒睁大双眼，还来不及回过神，元神便跟着真身一起，灰飞烟灭。

七

看看，做妖有什么用呢？白舒做了二十万年的妖，还不如他来这人世二十年。

无支祁拂一拂手，暗卫顷刻消失。

他的这些手段都是从太皇太后身上学到的，见惯了皇宫中的尔虞我诈，他也不知道自己和白舒说的话，哪句是真，哪句是假。

上兵伐谋，杀人诛心。

哦，不对，是杀妖。

八

无支祁回到寝宫，不多时，便有太监扶着太皇太后前来问话：“皇孙，可曾受惊？妖孽可曾收服？都怪哀家，扰了你的生辰……”

无支祁摇摇头，恭敬地跪下。做了这么久的傀儡，太皇太后那点儿小心思，他怎能不清楚。这些年，他暗中培植势力，羽翼渐丰，在四海之内也拥有了不少尊崇者，已逐渐动摇太皇太后的根基。她不得不防。

“启禀太皇太后，妖孽已被收服……从此，天下无妖。”无支祁道。

“无妖？”太皇太后脸上露出笑容，“好，皇孙，你做得很好！”

过两日，“杀妖”一事，会传遍京城的大街小巷，无支祁甚至怀疑太皇太后一早就知晓杂耍班子的阴谋，并安排了他们的入宫。如若刺杀成功，大权自然归她所有，如果不成，也可对外邦给予警示，进而巩固她的权威。

但他不会让她如意的。

天快亮了，晨光照耀高低错落的金色琉璃瓦，蔚为壮观。

正午时分，无支祁派人去御膳房给太皇太后炖了一碗参汤，没人知道，那里面加了慢性毒药……

他要把这里变成他的国度，无支祁想。他倒要看看，到最后，自己和太皇太后究竟谁输谁赢。

无支祁——**妖怪小科普**

在《山海经》中，无支祁也名无支奇，原是水中妖怪，为祸一方，被大禹锁在军山之下。《山海经》曰：“水兽好为害，禹锁于军山之下，其名曰无支奇。”

后世传无支祁为淮水水神，长得像猿猴，头上长有白色毛发，和孙悟空一样，有火眼金睛。

婴语杀人

文◆周檀

1

自从进入到妖怪世界后，为了谋生你便成了一名小侦探。上周，你接下了一个关于妖怪杀人的委托。正值炎炎夏日，你来到案发村镇，这里原是方圆百里内最富饶的村子，如今却被连环杀人案搞得人心惶惶，百业凋零。

村长老陶是个年迈的老鳏夫，可为了迎接你，他还是拄着拐杖召集了全体村民为你举办接风宴席，并安排你住进了村里唯一的空房。

老陶对你颇为抱歉：“真不好意思啊，咱们村里有好房子的都是成了家的人，安排你住在人家里不合适，所以只能委屈你住村里那间空房了。”

听到这个安排，村民们议论纷纷，你决定：

A.服从安排 跳转2

B.换一家住 跳转3

2

你服从老陶的安排，住进了村里的空房。入夜，你被一阵婴儿的啼哭声惊醒，紧接传来一阵脚步声，那声音似乎正朝着你的房子而来。你决定：

A.出去看看 跳转4

B.躺下装睡 跳转5

3

你感觉事有蹊跷，请求住到村民家里。集会上村民们听到又是一阵交头接耳，随后一个年轻人开口：“村长，俺大牛家虽然破落点，但就俺一人住，让他跟俺住吧。”

宴会结束之后已经很晚了，村民们都行色匆匆地赶回了家。你也住进了大牛的家里。刚进家门，他就长舒一口气：“俺跟你说，咱们得赶紧睡觉，要不然就没命了。”

“为什么这么说？”

“唉，这事还得从俺们村里第一起杀人案开始说起，不过咱们必须得在子时之前睡着，否则会有杀身之祸！俺估计只能讲完一件事了，你想先听哪个？”

听后你决定询问：

A.为何在子时之前睡觉 跳转6

B.第一桩杀人案 跳转7

4

门外的脚步声越来越近。你不信邪，于是拿起灵符和烛台，先躲到门背后观望一阵，待门外的声音凑近了，你才猛然推门，“倏”地将灵符祭了出去。

可是外面却空无一人。

你暗笑自己多疑，于是吹了烛台关门回房，可就在房门关上的一刹那，黑暗里却多了一双莹绿的眼睛。

“是你——”

在被那双眼睛的主人吞食的那一刻，你才认清了它的真貌，可惜为时已晚。

任务失败
DEFEAT

5

“这大半夜的，兴许是路过的村民吧。”

你裹紧大被，背对着房门瑟瑟发抖，却听到门外的脚步声离你越来越近。在你感受到对方的呼吸已经近在咫尺之时，你立刻跳起身给了对方一刀。在夜色之中，你看到一个巨大的黑影捂住肚子仓皇逃走，你逃过一劫，决定第二天再找村长商议。

跳转3

6

“你为什么说必须要在子时前睡着？”

“这是村长定的规矩，如果不睡着村里就会继续死人。亲娘嘞，天已经这么晚了，咱也赶紧睡吧！要不然会死的！”

这是什么奇怪的规矩？你暗自思忖，决定睡觉，等明天再细问村长情况。

跳转8

7

听你这样问，大牛回答：“第一个死的是俺们村的财主王百万，上个月的一天早上，他被村长发现死在家里，从那之后，村里就怪事连连，不仅晚上经常会传来婴儿的哭声，有时候还有人家里冒绿光。

“村子里还经常丢东西，金银、丝绸、玉器，连牛羊都丢，还有好几个村民突然变得跟另一个人似的，就比如二狗。哦，二狗是俺们村的落魄户，自从俺们村开始死人之后，他就变得特别贪吃，还经常偷俺们村民的东西，还有人说曾看过二狗的眼珠子里头冒绿光呢！”

听完之后，你决定：

A.次日询问村长 跳转8

B.询问案发情况 跳转9

8

你到了村长家，村长却不在。于是你施展轻功跳进村长家的院子里，发现村里死去的人的尸体都停放在这里。趁着屋里没人，你赶紧开棺验尸，发现每具尸体都残缺不全，死状凄惨。尸身上有许多新旧不一的撕裂伤，还有许多像被人挠破了似的血印子，脖子上则是锯齿状的伤痕，且贯通气道，像是被虎狼之类的猛兽咬断的。这里的伤口最陈旧，应该就是致命伤。

检查完尸体，你将棺材重新合上，又跳出了院子。你刚准备离开，村长却穿着那身有些残破的长衫刚好从外面回来。你赶紧换上笑容：“村长刚刚是去了哪里？”

“老头子岁数大了，就喜欢出去遛弯。不知您前来找我何事？”

“我来是有事想问。听大牛说，村里有子时必须睡觉的规矩？”

“是的，规矩是我定下的。因为我发现凶手总是在夜里出没，就定了这个规矩，是为了保护村民的安全。”

“自从规矩定下之后，受害者可有减少？”

村长叹了口气，惋惜地摇摇头：“没有，我虽有心保护大家，甚至还把尸体都搬来了自己家，都是为了引诱凶手过来，可我想尽办法也没抓到凶手。这才求助于您呐。自从村里开始死人，这怪人怪事就越来越多，尤其我们村的二狗。哎哟，千言万语一句话，您可千万要抓住凶手呀。”

A.去调查二狗 跳转10

B.去村里找线索 跳转11

9

“王百万死得惨哦！俺这睡得太熟不知道，但是在前一天晚上据说村里的人都听见了婴儿的哭声，持续了好一阵子。等天亮之后就发现人死在村口了。俺也去看热闹了，王百万的身上破破烂烂的，还被挠了好几道血印子，脖子像被老虎咬断的。亲娘嘞，最关键的是他家那一整仓的粮食啊，一夜之间全没了，真让俺心疼。这之后村里有钱的单身汉，什么李大富、赵员外，也都接二连三地死了。”

“尸体停放在哪里？”

“在村长家。俺们村里后来死了的人也都没埋，全放在那儿了。”

听到这里，你决定明天去调查：

A.村长 跳转8

B.二狗 跳转10

10

你向村长询问二狗的情况。

“二狗是个什么样的人？”

村长叹了口气，答：“唉，二狗这孩子可怜呐，从小就没爹没娘，吃百家饭长大的。三年前流浪到村里，就在村里住下了，靠租佃为生。”

“为什么村里的人都说他性情大变了呢？”

“唉，这孩子原本也是庄稼活的一把好手，任劳任怨，干活踏实。也不怎的，自从村里开始出现杀人案，跟着出现婴儿在夜里啼哭的事情之后，他竟也像变了个人似的，不仅开始贪吃好睡，还干起了小偷小摸的勾当，我就不止一次撞破他偷人家东西，还亲眼见他一顿饭的工夫就吃完了树干粗的羊腿肉。”

听完这些，你决定：

A.去见一见二狗 跳转11

B.去村里找线索 跳转12

11

你决定去见一见二狗。二狗住在村尾的房子里，你去见他时，他正懒洋洋地躺在床上，房间的桌子上摆满了被啃完的骨头，屋里散发着一股浓浓的苦味。

“你是二狗？”你的眼前是一个脸色苍白的年轻人，真不像庄稼汉的样子。

二狗微睁开眼睛瞟了你一眼：“你是？哦对，你是那个侦探，你找俺啥事？”

“例行调查而已。我想知道张百万被杀的当晚你在哪里？”

“俺在家睡觉！”

“最近正是农忙，你怎么躺在家里呢？”你又看向桌上的骨头，“这些骨头是？”

“你管俺作甚？俺反正没杀人！”

二狗一骨碌从床上爬起身，不快地赶你出去。被他赶出门的你决定：

A.去调查村长	跳转8
B.去村里找线索	跳转12

12

你决定在村里找找线索。你在村里的几户受害者家附近细心勘察，并在张百万家附近的灌木丛里发现了一块衣服碎片和几簇羊毛。于是，你召集村民，宣布自己已经知道了凶手是谁。凶手就是：

A.村长	跳转13
B.二狗	跳转15

13

“凶手就是村长！或者说，是假扮村长的饕餮！”

村长背着手，脸色由白变青，怒道：“你你你，你有什么证据！”

“饕餮羊身人面，虎口人爪，贪于饮食，且性格狡诈残暴，积财而不用，畏强而击单。受害者都是有钱的鳏夫，死后钱财又都消失不见，我便推知应是饕餮杀人。我去验过停放在你家的尸体，尸体脖子上都有致命的撕裂伤，应就是被你的虎口咬住所致。而尸体其他部位又有新旧不一的撕裂伤，加上尸体大都残缺，可知你在平日就以尸体为食！至于受害者的钱财，应该也已经被你转移到别的地方了吧！”

村长冷冷地说：“笑话！我把尸体停在自家，只是想牺牲我家来引诱凶手。”

“哼，你要求大家在子时之前睡觉，应该也是为了方便你在夜里行凶和偷运尸体吧，至于真正的陶村长，只怕在张百万遇害之前就已经被你吃光了！”

看着交头接耳的村民，你决定：

A.拿出证物 跳转14

B.假意逢迎 跳转16

14

见村民们将信将疑，你拿出从张百万家附近找到的衣服碎片和羊毛。

“你们看！这碎片是我在第一个受害者家附近找到的，与村长衣服上的花纹刚好一致！因为子时之前必须睡觉的规矩，张百万之后的受害者都是在熟睡中被你吃掉的，所以未见挣扎。而张百万则因临死前拼命挣扎，才扯坏了你的衣服。还有这些被灌木丛勾住的羊毛，应是你变回饕餮搬运尸体时不小心留下的。饕餮生着羊身人面，可见真凶就是你！”

村长冷笑一声：“哼，既然你们发现我了，那就都留不得了，今天就都给我死吧！”

只见村长“倏”地一下化成了羊身人首的巨大怪物，他发出婴儿啼哭般撕心裂肺的嚎叫，朝你猛扑过来，你方才慷慨激昂地陈述案情，全然没有设防，便与无辜的村民们一起成了饕餮的盘中餐。

任务失败
DEFEAT

15

“凶手就是二狗，或者说，是假扮二狗的饕餮！”

人群里的二狗脸色由白变青，怒道：“你你你，你凭什么说是俺！”

“自从村里有案子之后，你就开始变得贪吃贪睡，还偷东西，这点全村的人有目共睹。贪吃、贪财，这些都是饕餮的习性，再加上时间点吻合，你还怎么抵赖！”

“俺是因为得了痨病，大夫说俺活不长了，俺才想着在临死前多吃点好吃的，俺这一辈子太亏待自己了……”

“那你为什么偷东西？”

“唉，这到底是俺二狗对不起大家，可是俺看病买药实在没钱了！俺二狗孤苦伶仃，不敢跟大家借钱，就只能偷了……”二狗说着竟捂着脸瘫在地上哭了起来。

“原来如此。”村民们都开始同情起二狗的遭遇，同时指责你的咄咄逼人，而真正的凶手则躲在人群中暗暗冷笑。

任务失败

DEFEAT

16

你暗自心想，饕餮性情残暴，如果真的变回妖身大开杀戒，你单枪匹马未必是他的对手。于是你假意换了一张笑脸，对他说：“陶村长莫要生气，我方才是与你开玩笑的。为表歉意，我们握手言和如何？”

在大家的起哄之下，村长也没有理由拒绝你，只能不情不愿地伸出手来。你笑眯眯地使出内劲紧紧扣住村长的手，左手则趁势猛地一下掀开他衣服下摆，衣服底下果然露出了一具长着灰毛的身子。

“果然真凶就是你！饕餮，这下你跑不掉了吧！”

你大喝一声，从怀中掏出符咒，“啪”的一下贴到了变为村长的饕餮头上，将饕餮定住。至此，这场连环杀人风波终于圆满结束了。

任务成功

SUCCESS

迷失的小妖

今日是上元节，小花妖刚化成人形，便迫不及待要去参加万妖盛会。

临行前，母亲叮嘱道：“路途遥远，且黑夜里会会变得十分危险，切记早些回家。”

小花妖顺着太阳方向，找到集市，开心地吃了糖糕、看了皮影戏。等她买完花灯却发现天已经黑了。

回家的路变得漆黑一片，这时却碰到了正在妖界探索的你，请帮助小花妖找到回家的路。

帮助小妖找到回家的路

成功奖励

可往前两步

2

悬赏捉妖答案——郭府

第四章

城之魅

CHENGZHIMEI

「繁城之内，有精魅金华猫、蜘蛛妖、山膏……温暖人间。

金华之猫

文◆久南乔

一

火腿从油纸里羞怯地露出一角，小秋便远远地闻到了香味。他用揣在兜里磨好的瓦片切下一块来，藏在袖中，左右偷瞄，小碎步跑到屋外，才心满意足地一口咬下去，肉香顿时溢满唇齿。

吧嗒一声，毛茸茸的白球落在他肩头，“喵呜”地叫了起来。

“嘘——冬咕噜，你别作声，我分你一口。”

小秋忙拿左手替它顺毛，眼珠子滴溜溜地转向身后。还好，没被家里人发现。

小秋听着像女娃名，可他确是老李家未满五岁的独生子。老李家在村头开了家肉铺，定期烘制火腿卖给山下镇里的金福酒楼，日子自在却也拮据。若叫爹爹发现他在这偷吃辛苦烘出的上等货，定又免不了一顿斥责。

“喵呜，喵呜——”

冬咕噜用琉璃色的大眼睛可怜巴巴地望着他，一口吞下碎肉后，还是伸出爪子扒拉他的裤腿。小秋凶了它几句，它倒委屈了，小跑两步，蓬松松的尾巴直蹭地面。

“别叫啦！冬咕噜！爹娘要下山了，会抓到我偷吃的！”

这下可好，冬咕噜直接炸毛。小秋见势不妙，抱起这团毛球就跑，他气喘吁吁地去了山顶，马上又被山间振翅的鸟儿引去了魂儿。垂髫小儿正是爱玩的年纪，待他兴冲冲满山跑了个遍，用小脏手推开家门时，正撞见归来的爹娘对着钱袋愁眉苦脸。

二

“唉。”

最近家里的火腿又不好卖了，纵使烘制再用心、肉质再肥美，收货的可不管这回事，一律卖成最贱的档位。再这样下去，过冬的柴薪都要不够用了，哪还顾得上来年的存货？老李愁啊。

除了馋嘴的小秋，人人都愁。村里也不止老李家做火腿，卖价一低，谁都免不了遭罪。一伙人在老李家门前开会，商量该怎么办。

这时，小秋怀里的冬咕噜轻盈一跃，爬上了屋顶。

初夏月色正佳，皎洁的银辉笼罩着它的白色皮毛，竟有种脱离世俗的迷幻感。只见冬咕噜伸长四肢，伸了个懒腰，而后对着月亮“喵呜”探颈。

霎时就有人神色不对了。

“是妖孽呀！妖孽！”

“妖孽？”

“你们没听说过？这家养的白猫，要是夜里上房顶乱叫，那就是在吸取月光的精华，准备成精呢！哎呀，这阵子火腿不好卖，肯定也是它害的！”

“就是！就是！”

圆滚滚的冬咕噜立刻成了众矢之的。大人们一口一个“不祥之兆”，起哄让老李把这猫送走，老李无奈，只能照做。小秋第一个跳出来反对。

“不要！冬咕噜没做坏事，凭什么送它走？我看你们是想不出办法，拿它出气！”

孩童稚语竟一针见血。恼羞成怒的大人们更是嚷嚷着要活捉这白猫。不过这群上了年纪的人哪比得过猫灵活，上房揭瓦都摇摇晃晃，追了半天，罐子踩碎了仨、跟头摔了俩，还被小秋扯着裤腿哇哇大哭，最后大人们也还是拗不过他，让冬咕噜留了下来。

小秋破涕为笑，抱着冬咕噜钻进被窝，夜里一伸手，却发觉被子里没了东西。

“冬咕噜，你又去偷吃火腿啦？明天我还想跟爹娘一起去镇里玩呢！你要是留在家，家里就要七天没人给你做饭了，别乱跑！”

小秋赤脚跑到院子里，扒开柴火堆，弯腰看草丛，掐嗓子唤了两声，怎么也找不到它。

三

第二天清晨，一向活力过人的小秋竟发起了高烧。

可怜小秋，爹娘天没亮就去了镇里谈生意，也没个人照应。他红着小脸喘不过气，额头密密麻麻都是汗珠，脑子里翻来覆去都是棒子捣棉花似的声音，喉咙灼烧得像烘烤火腿的柴烟，四肢沉如铅块，动弹不得。

忽然，四下的空气迅速变凉。

小秋吃力地抬起眼皮，隐隐约约的，好像看到窗外“嗖”地多了个人影。

那人影仿佛置身黑暗之中，站在原地一动不动，她一出现，整片刚亮未亮的天空就变了个颜色。

“你……是谁？”小秋艰难地推开被子，坐了起来。

他看到人影是个瓷娃娃般漂亮的小女孩，细眉似柳叶，樱唇微微带笑，眉心嵌着一颗黑痣，两只琉璃色的眼睛晶莹剔透——竟和陪伴了他三年的白猫一模一样。

小秋还没说什么，那女孩便开口了。

“我来说个故事给你听吧。”

“……故……事？”

“金华猫，你听过吗？”女孩的声音十分空灵，好似来自彼岸，“很久很久以前，金华有一农户，上山打柴时遇到一只通体雪白的小猫。那小猫随他回了家，到了晚上竟能幻化为人形……”

这故事牢牢吸引住了小秋的注意力，脑袋里嗡嗡作响的声音也渐渐平和了。女孩说了一个又一个故事，每一个都很有趣。他听着女孩婉转动听的笑声，莫名就想伸出手指去碰她的脸颊，但他够呀够呀，怎么都够不到，最后只能又一次缩回被窝里，大口大口呼吸着盛夏潮湿的空气。

也不知怎的，小秋变得格外嗜睡，一连睡了三天。梦中，女孩似乎在用手掌轻贴他的额头，但他睡迷糊了，身体完全不听使唤，竟有种鬼压床的错觉。

到了傍晚，炽热的阳光转为浅紫，小秋发现枕边多了一晚热气腾腾的汤药。

“咦？”他下意识地寻找女孩的身影。

她还坐在窗边，同样的位置。

“这药……是你给我熬的吗？谢谢你……”小秋慢吞吞地说。

女孩依旧岿然不动，问她什么都不作答，只用纤细的食指指向药碗。小秋捏着鼻子喝完药，再眨一次眼，她便从暑气氤氲的窗格间消失了。

就像一切都是他的幻想。

四

身后的门“吱呀”一声打开，小秋吓了一跳，却发现匆匆赶来的正是本该在镇里待上七日的爹爹和娘亲。失踪了好几天的冬咕噜安安静静躺在他们脚边。二人一见到小秋，马上心疼地抱着脸蛋通红的他低声安慰了起来。

“没事了小秋，没事了。”

“娘……你们怎么回来了？”

“听说你得了病，我们咋还有心思做生意啊，当然要尽快赶回来了。”娘说。

“可这孩子，怎么会突然就病了呢？该不会是中邪了吧？”爹说。

“是啊，白猫上屋顶那天晚上，他就害了这样的病，定不是巧合。我去求许大夫给看看。”

许大夫，是村里最会装神弄鬼的巫医。小秋不喜欢那人，他肩头披着一块羊皮，头上戴着狼牙链子，竹筒里装一壶猪血，整日挥着小旗子念叨些骇人听闻的话——即使小秋听不懂他在说什么，也觉得百句里没一句真的。

今天也是，他围着冬咕噜跳着奇怪的舞，脸上挂着肃穆得堪比葬礼的沉重表情，看得爹娘忧心忡忡。

最后他掐着嗓子宣布：“咿！这猫乃不祥之物，令郎是被其迷惑了心魂，方会大病一场的。”

老李夫妇瞬间慌了神。

“这……这该如何是好啊？”

“小秋是老李家唯一的儿子，许大夫，您行行好，只要能把他救回来，咱们给您磕头了……”

巫医装模作样地搀扶起欲磕头行礼的二人，低声安慰道：“此事说难，却也不难。只需将这妖猫剥皮炙肉，煮成粥喂食给令郎，不久便能痊愈。”

轰隆——窗外电闪雷鸣，似是暴雨将至。

小秋的脸色更白了，他拖着微微发抖的身体，一把将白猫拥入怀中：“不许你杀冬咕噜！冬咕噜是我最好的朋友！”

娘亲不忍地伸出了手：“小秋，我知道你性子善良，但这也是无可奈何……”

“杀它还不算，还要我吃了它？这人是坏蛋！”

巫医着急地一挥拂尘，声音里也多了几许不悦：“小鬼，话可不能乱说。这妖猫成精为害人间，那是孽障所为，老夫替天行道铲除妖孽，也是为了天下苍生呐。”

“冬咕噜才不是妖怪！”小秋大声吼了回去，怀里的白猫也配合地亮出尖牙，“它会变成眉心有颗痣的女娃娃，她特别好看，还会给我说故事！不可能是坏人！”

“嗨，听到没有？猫妖遇雄则雌，遇雌则雄，不正是实打实的魅惑之术吗？”

巫医得意地捋了捋胡须，回首一瞧，原本满脸坚决的老李夫妇竟露出了五味杂陈的神色。他们猛地推开巫医，来到小秋跟前，双双蹲下。

“你说……眉心有颗痣？”

“对呀。”

“还是个漂亮的女娃？”

“没错！”

老李眉头一竖，眉宇间多了些皱纹。小秋本以为他会硬抢白猫，连忙抱紧了冬咕噜向后缩去，没想到老李却站起身子，对巫医恭恭敬敬地拱了拱手。

“劳烦大夫受累过来，今儿……就先请回吧。”

“可这妖还未除……”

“不好意思，让您白跑一趟，谢礼我内人稍后送到。”

“哎！老李！你可想好了啊！”

无论那巫医如何警告，老李终究是连推带搡地将他劝出了家门。

五

夜色已深，逃过一劫的冬咕噜“喵呜”一声从小秋臂弯里跳下，绕着老李转圈，时不时还用毛茸茸的大尾巴蹭蹭他满是泥尘的小腿。小秋好奇地眨了眨眼，老李这才牵着他躺回床上，轻轻摸了摸他的头。

“其实，爹和娘一直有件事没跟你讲。”

“什么事？”

“你过去……是有个姐姐的，我们都叫她，小冬。”

老李充满怀念地望向闪烁的烛光，在烛光的彼端，他好像又看到了熟悉的大女儿的笑脸。

原来，小秋之所以叫小秋，不是因为他出生在秋天，而是因为他有个叫小冬的姐姐。她温柔淑和，乖巧懂事，爹娘外出劳作时便承担了照顾弟弟的责任，时常还给他说故事听。她爱吃火腿，却也总会很懂事地只咬一小口；她的声音清澈透明，像极了冬天的雪花；更令人挂念的，是她笑起来时眉心那颗尤为可爱的美人痣。

“你一岁出头时，小冬染了疟疾，那年的夏天就去世了。”娘亲替他盖上被子，慢悠悠地说道。

“去世？”

“就是变成了天上的星星。”

“那冬咕噜为什么会变成小冬的样子？”

“她不在之后，娘想着不能让你太孤单，就去外面捡了只白猫，跟你做个伴。或许是因为这个缘故吧……小冬想回来看看你，就借了这白猫的身子。”

在夏日似乎可以淹没一切的粗暴雨声中，娘亲絮絮诉说着小冬小时候的事，小秋边听边安心睡去了。

翌日清晨，他的烧完全退了，精神抖擞地爬起来替家里生火煮饭。然而这时，门外传来了乡亲们焦躁不安的议论声。

困惑的小秋踮脚来到人群外，好奇地打听发生了什么。诸人皆是一副悲叹同情的神色，没人理小秋。

过了许久，被他拉住的农妇才沉沉地叹了口气，说：“你还不知道？昨晚发了那么大的水，山下的镇子都被淹啦！听人说，全镇最高的金福酒楼的顶都瞧不见嘞，太惨啦……”

“那还有人活着吗？”

“哟！谁能逃得过那种天灾呀？幸好我们村子位置高，淹不到，唉！”

小秋恍惚望向远处因暴雨垮塌的山体，似乎明白了什么。

要是爹娘没因为他的病提前回来，恐怕都会死在那场变故之中，无一丝生还可能。

冬咕噜摇晃着脑袋三步两步跳到他脚边，小秋忽然用力抱紧了它，手指深深插入它柔软温暖的长毛之中，一滴眼泪掉在冬咕噜的指甲上，它若有所思地“喵呜”了一声，伸出舌头去舔他的脸颊。

小秋大步狂奔去了烤火屋，门口的老李夫妇目瞪口呆地望向山谷底下厚达数米的淤泥，小秋给了他们一个拥抱，随后钻进挂满火腿的架子下面，用瓦片切下了好大一块肉，伸到冬咕噜面前，破涕为笑。

“谢谢你，姐姐。”

冬咕噜狼吞虎咽地吃了下去，心满意足地一舔唇，贴着他的手掌蹭了起来。

小秋微笑着弯了弯嘴角。

六

在那之后，小秋再也没见过那个眉心有痣的漂亮女孩，但他从未感到寂寞。每当他感到孤独时，总缺不了一只通体纯白的小猫绕在他身边，用蓬松松的大尾巴安抚他的头，再甜甜地啃掉他藏在袖中的火腿……

霎时，肉香飘散八方。

妖怪小科普　金华猫

纳兰性德曾在《渌水亭杂识》中载：“金华人家忌畜纯白猫，能夜蹲瓦顶，盗取月光，则成精为患也。”

金华地区的家家户户都很避讳蓄养纯白色的小猫，因为它能在夜晚爬上屋顶，吸取月亮的精华，慢慢修炼成妖怪。

在《坚瓠集》中，则有多描述：“金华猫，畜之三年后，每于中宵，蹲踞屋上，伸口对月，吸其精华，久而成怪，入深山幽谷，朝伏匿，暮出魅人……”

织锦镇

文◆久南乔

人常道，岩昉织锦甲天下。其丝质之细腻，色泽之华美，织法之精巧，成品之耐用，受尽公侯世族喜爱。一到游商来镇的时节，满街都是麦穗纹、水波纹、龙凤纹的各色布匹，单单样式就叫人眼花缭乱。

在这座岩昉镇里长大的我，自幼便对神秘的绣坊充满憧憬。

“阿娟长大以后想当绣娘！”

然而，听到稚嫩的我如此乞求，一向宠我的父亲却面露难色。母亲说，当时我哭闹得不可开交，父亲无奈，买了条上等襦裙送到我面前，才让我破涕为笑。

说来也怪，岩昉乃织锦名镇，可我从没见过桑树，漫山遍野都是石头山，乏味得很。

我本就不喜念书，只爱女工，每每一出私塾便奔着绣坊去了，还时常因趴在高窗上偷看老爷们甄选布匹而摔坏屁股。这事被母亲知道了，罚我在烈日当头的院子里跪了两个时辰。

“阿娘好过分，我不就是想当绣娘嘛！”

父亲欲言又止，揉揉我的头：“你娘也是为你好。等你出嫁了，想做什么都由你。”

“为什么要等那么久？”

“阿娟听话。”

起初我并不明白父母的良苦用心，委屈得不肯回家。私塾的先生安慰我道：“最近镇子里好几人离奇失踪，你爹娘是担心你被坏蛋骗走。”这才说服我和家人重归于好。

然而，一旦开始留意这个问题，我就总能隔三岔五地在官府的布告栏上瞧见寻人启事。尽管我十分纳闷，可周遭的人都说不清是什么缘故，父母也只能以失踪的大都是妙龄女子为由，禁止我随意出门。

一时间，满街都是压抑的气息。

一晃三年过去，我已是豆蔻年华。儿时相识的女伴前后许婚，媒婆紧锣密鼓地为我说了外镇的大户人家，父母更是连面都没见过就开始对那家公子连连称道。

他们都急着送我出镇，甚至急得离谱。

“为什么非要送我走？你就那么想拿我换彩礼吗？”

“阿娟，不是的……”父亲摇摇头。

“横竖都不顾虑我的心情，就别拦着我去绣坊！”

我同他们大吵了一架，迎着小雨连夜逃出家门，身上只穿了那件薄薄的襦裙。

时节正值初冬，寒气渐起，街道一片漆黑，我抚摸着绢丝襦裙上的精美图案，叹了口气。仔细想来，我从前并未在何处见过类似的图案，只能推测出是某种奇特的生灵，正向着上空伸出臂膀。

饥寒交迫之下，我的思绪开始游离，双脚也开始犹豫要不要回家。

就在这时，我听到了木门被金属撞击的声音。

我猛地回头，只见一黑影拖着邻家小妹飞速穿过泥水覆盖的石板路。少女被掐住脖颈，悲鸣着想要挣脱，却毫无办法，那黑影动作格外粗暴，前进路线异常熟练，空出的左手还执有一盏铜蟾灯。丁零——灯盖每响动一次，少女的挣扎就虚弱一分。

“呜……呜呜……”最后，少女彻底没了声。

目睹了一切的我捂住嘴躲在树后，双腿发抖，呼吸愈加沉重。

我不敢细看，更不敢追。他肯定就是连环失踪案的犯人。不，我不能慌！我勒令自己保持冷静，飞也似的逃回家，心里憋了无数的话想说。

可推开门的一瞬，迎接我的却是空空荡荡的屋子。

“爹？娘？”

我在家里环绕一周，别说人了，连只耗子都瞧不见。最后，浑身湿透的我只能呆愣在门槛前，怎么也无法接受父母下落不明的事实。

难道他们也和那女孩一样……

“爹，娘，你们在哪里？阿娟不该发火的，是我错了，你们回来吧！”

无人回应。惊惧交加之际，我腹中一阵剧痛，双膝不受控制地跪倒在地，绝望像鬼怪的手擒住我的脖子，求生欲掺杂着对未知的恐惧在我的胸腔内翻腾。刹那间，我眼前闪过无数并未见过的怪异画面，手指不由自主地伸到嘴边，竟从里面掏出一截银色的“丝”。

“这是什么？”

我难以置信地摇头，私塾先生说过女孩都有月信，可这和他描述的月信又明显不同。为什么……我会像个妖怪一样？

“爹……娘……”

我无力地呼唤着，一连数日，都不敢从家里出去一步。厅堂里有座绘有岩洞图案的屏风，滴水未进的我就这样缩在屏风后头，双手环抱膝前，瑟瑟发抖。

脚边银色的丝线越来越多，我不敢看自己吐出的丝，它们早已黏成一团，蜷曲干缩，如何撕扯都无法拉断。我小心翼翼地呼吸，强迫自己吞下臭味熏天的药渣，想要恢复原状，却只是在担惊受怕中昼夜颠倒地度日。

我无助地捂着头。

绣坊……

对了，他们总不让我靠近的绣坊，那里一定藏着什么不为人知的秘密！

我终于站了起来。

正值深夜，绣坊里只有两个值更人，我拖着仍在发抖的双腿，绕过正门，悄悄从往日爬过的高窗钻进院中。

眼前的场景令我陷入惊诧。

整个外室都是琳琅满目的锦缎华服，桌上堆满数不胜数的金饼玉器。但绣坊内室却淤泥堆积，泥泞不堪，还散发着诡异的恶臭。绣娘们难道是在这种地方每日搓制粗丝，穿针引线的吗？

忽然，我发现了脚边的一条腕绳，串联珠玉的绳结早已腐朽，只有绳头尚可辨认。

“——娘！你在哪里？”

我疯了似的拍打着每一扇门窗，企图找到家人的身影，却徒劳无果。瘫坐在外室的一角，我用余光瞥见了桌上的书册。凭借被父母逼迫在私塾学的那点皮毛识知我大致看懂了书中的内容。

冷汗爬上后背。

“这不是你该来的地方。”一个干枯的声音吓得我胸口一紧。

铜蟾灯的亮光尤为刺眼，来者是个年逾古稀的老人。

瞬间，书中的故事浮现于脑海。岩昉镇原本是没有织锦的，有的只是擅驭道术的浪人。他抓到第一只蜘蛛妖的记载，恰好与镇子出现第一次织锦繁荣的时期不谋而合。

老人干瘪的嗓音深深刻在我的心口。

“你看过那书了？是，有了蜘蛛妖的丝，崭新的技法和纹饰都会应运而生，当时，我便想好要把这巨大的利益尽数收入囊中。”

他举起手中的铜蟾灯。我瞬间意识到，这遍布镇子的铜蟾灯本就是捉妖浪人的宝物。蟾蜍食蛛，他不过是借此控制绣坊里的蜘蛛精罢了。

深谙人情的浪人将织锦献给知府作为贡品，只是穿着耀眼丝袍的知府随口称赞，就能让织锦的价格一夜之间等同黄金。自此，习惯了奢靡的浪人摇身一变，成为绣坊坊主，镇子也不复穷乡僻壤之名。而受尽苦难的，只有无数被剥夺了自由、蜗居于此的蜘蛛妖。

也就是我和我的族人。

回过神来时，耳边已响起母亲凄厉的叫声。

“快走啊，阿娟——”

虽然不知道这声音是从哪传出的，但她说得对，我必须逃出去。

我忍着泪爬过田垄，挣扎着穿过巡逻卫兵的重重阻拦，冲向镇子外的荒野。高过人头的杂草刺痛了我的脚背和手臂，夯土搭成的围墙高大得近乎无情。我第一次意识到，周围的所有人都是我的敌人，一旦发现我是妖，就会立刻兵刃相向。

“不。”

我停下了脚步。还要继续逃下去吗？妖就是妖，就算隐姓埋名，规规矩矩地生活着，不一样会惨遭毒手？逃跑又有什么意义？

况且，妖就一定要受制于人吗？

……失去真正的自由，还能得到幸福吗？

只有我能救爹娘，还有那些无辜的姐妹们。我咬咬牙，掉头走向一片混乱的绣坊。狂风在耳畔呼啸，口中积攒着不吐不快的丝状液体，指甲渐渐变长，身下长出几条细长的黑色肢体，我终于想起，在绢丝襦裙上绣着的生灵纹样——正是我自己。

“你还敢回来？妖孽，速速束手就擒！”

道人举着铜蟾灯在绣坊前巡逻，他以为我要用利爪刺穿他的心脏，可他错了，我的目标根本不是他，而是他手中那承载了太多罪恶的灯盏。

“啪——”

油灯一破，满屋残留的丝线便被引燃，蛛丝本就易燃，在我疯狂吐出的大量银线的包裹之下，整个绣坊一度化为火海。明明我没动老道人一根汗毛，可他却发出了无异于掏心挖肺的哀号，看来，夺走他的财宝，比夺走他的命还叫他痛心。

在清晨的第一道阳光洒下之前，我搀扶着一瘸一拐的父母，带着十余名被困多年的蜘蛛妖，离开了大火呼啸的绣坊。

我一次也没有回头。

老妪将故事娓娓道来，围坐在织机旁的孩童都忍不住抱紧了膝盖。

“后来呢？阿嬷逃出来了吗？”

“镇子怎么样了？”

“若是没逃出来，也就没有现在的你们了。”老妪慈祥地抚摸着他们的头，眼中满是藏不住的怀念。

“据传，岩昉织锦甲天下。纪同三年，绣坊走水，此地再无织锦名所之称。次年，邻镇女眷募建丝神庙，以慰岩山生灵，而后丝织再兴，名满徽州。”

她望向织机顶端的丝线，那些银丝反射出皎洁的月光。

窗外，一只纤细的黑色昆虫轻轻爬过檐角。

蜘蛛妖——妖怪小科普

在《酉阳杂俎》中有一种叫“山蜘蛛”的妖怪。

“相传裴旻山行，有山蜘蛛，垂丝如匹布，将及旻。旻引弓射却之，大如车轮，因断其丝数尺，收之。部下有金疮者，剪方寸贴之，血立止。”

传说，有一个叫裴旻的人在山里遇到山蜘蛛，它有车轮那么大，垂下的丝像布匹。就在它要伤到裴旻时，被用弓箭射退了。他将蛛丝割下几尺长，收藏起来。部下将士如果打仗受了伤，剪下一小块贴上，血立刻就止住了。

灵宠小百科

文/周檀

众所周知，迅哥儿（鲁迅）最爱的“三哼经”不仅是一本上古地图，还是一本捕捉灵宠的指南书。据灵宠保护委员会不完全统计，在《山海经》中记载了不下百种奇珍异兽，有可爱的、酷帅的、下海捉鳖的、上天抓龙的、堪比“文明小标兵”的，也有社会气息爆棚的……

为了方便广大道友捕捉和培养适合自己的灵兽，今天，就给大家介绍一些适合新手村道友的灵宠吧！

山膏

最会骂人的小猪佩奇

这位道友，在下看你骨骼清奇，想必你一定喜欢这种类型。那你就一定不能错过这只灵兽了，它的名字叫山膏。

《山海经·山中经》里这样记载它：“苦山有兽焉，名曰山膏，其状如豚，赤若丹火，善詈。”古代以“豚”代指未成年的猪，“赤若丹火”是指其毛色火红，“詈”则是骂人的意思。所以全文的意思是，在苦山上生活着一只火红的小猪佩奇，他的口才很好，还精通各界语言，但是不太文明，尤其擅长语言攻击，俗称“猪猪杠精”。

“杠精”虽然让人讨厌，可是专为自己撑腰的“杠精”就不同了。你是不是经常在七大姑八大姨的唇舌攻击下不知如何还口，直到深夜睡前才想起来该怎么吵回去，可是又为时已晚？那就赶紧养一只山膏吧！闲时可以摸毛，战时可以骂阵，无聊了还能跟你吵一会儿热闹热闹，出门在外饿了还能做成一盘烤乳猪（不是），真是居家旅行、扬眉吐气之必备灵宠呀。

不过，作为猪猪界的“杠精”，山膏也曾因为逞口舌之快而险些丧命。传说在上古时代，三皇五帝之一的帝喾出游时，曾在苦山附近偶遇一只山膏。山膏见到外人，二话不说，张口就骂，结果被帝喾的猎狗追出去几十里远，差点被咬死。由此，灵宠委员会专家提醒，在培养小猪佩奇，哦不对，是培养山膏时，注意提升灵宠的思想道德素质，讲文明，树新风，共创和谐仙道环境。

诸位道友中若有兼修东瀛阴阳术的，想必一定听过“天狗”的大名。传说中，大天狗不仅长得帅、有翅膀会飞，而且法力高强，堪称阴阳界的最强大佬。虽然此天狗非彼天狗，不过我们要讲的这只天狗也算是家喻户晓的灵兽之一了，不管是在东瀛的阴阳界，还是在华夏的仙道界，都能找到他的身影。

传说，天狗本是华夏族英雄后羿的猎犬，当年后羿的妻子嫦娥偷吃王母仙丹升天之后，他也跑出来舔食了落在地上的仙丹粉末，由此得以升天为神。

关于天狗的形象，最早的记载出自《山海经·西山经》：“阴山有兽焉，其状如狸而白首，名曰天狗，其音如榴，可以御凶。”狸指的是野猫、狸猫。这段话的意思是，在阴山有一种白脑袋的灵兽，长得像狸猫，名字却叫天狗。它的吼声跟打雷一样，抓回家来就可以辟邪去凶。

到东汉以后，又有人记载，天狗“长数十丈，其疾如风，其声如雷，其光如电”，可见其长得很大、跑得很快、叫得很响，真是威风凛凛、法力高深。

可自此记录之后，过于威风的天狗反而与人间的兵灾人祸关联了起来，从上古时代的辟邪灵兽变成了乱世和灾难的象征。从东汉到宋元，华夏史书中不乏“天狗坠地，必有大军压境”“皆云天狗也，占其下杀万人”“天狗所坠，下有伏尸流血”等记录，可怜的天狗彻底背上了象征天灾人祸的千年黑锅。

天狗：“我只是叫得响亮一点，这些糟心事真的不能怪我。”

对于想捕捉天狗的道友们，灵宠委员会专家组善意提醒：天狗只是长得像猫，但是真的不吃小鱼干。请勿再以小鱼干喂狗，谢谢合作。

听说有道友喜欢被人亲亲抱抱举高高？OK，那接下来的这只灵兽你一定不能错过！他的名字叫孰湖。

据《山海经》记载：“苕水出焉，而西流注于海，其西南三百六十里，曰崦嵫之山，有兽焉。其状马身而鸟翼，人面蛇尾，名曰孰湖。是好举人。”这意思是，在西南的崦嵫山上有一种长着翅膀的半人马兽，特别喜欢把人抱着举高高。

不过，千万不要认为孰湖只能用来飞天、跑路、荡秋千。在西方神话当中，赫拉克勒斯、阿喀琉斯、伊阿宋等许多英雄的老师正是一只长着翅膀的半人马兽，名字叫喀戎。在古希腊神话中，喀戎精通世间的各种武功和战术，被誉为无所不知的“英雄之师”。结合一下长相，兴许这位“喀戎”就是从东土的崦嵫山而来的呢。

灵宠委员会官方广告词：“成才第一步，崦嵫找孰湖。”不仅能飞、能跑、能把你举高高，还能给你私人订制各种英雄培训课程，手把手贴身指导，一对一全程服务，关键是灵宠的人形还很帅。这堪称神级的灵兽，真是道友们快速提升修为的最佳选择呀，道友们，快去崦嵫山抓他！抓他！抓他！

众所周知，昆仑山是我们仙道界有名的修道之地，而白泽就是这昆仑山上的著名神兽，堪称昆仑山的门面担当。

白泽生得非常好看，通体雪白，长得很像狮子，但头上多生了两角，嘴边还多长了一副山羊胡子。

作为咱们仙道界最拉风的灵兽，白泽的名字自然也疯狂出现在《抱朴子》《道藏》《云笈七签》等书籍当中，不过，最早的记录还是出自《山海经》。据《山海经》记载：“东望山有兽，名曰白泽，能言语，王者有德，明照幽远则至。”

意思是白泽是一只平平无奇的语言小天才和行走的百度百科，可以讲三界之语，通万物之情，无所不知、无所不晓。

但是却很少出现在人间，只有当朝天子是有德明之君时，他才会降世献瑞。因此，想要捕捉白泽，不仅要靠法术技能，还得靠机缘。

史上最早见过白泽的凡人是轩辕黄帝。传说在黄帝东巡到桓山时，突然看到白泽降世。白泽口吐人言，有问必答。

黄帝就像发现了行走的百度百科似的，向他询问天下鬼神之事，他就将天地间的所有奇珍异兽的习性和破解之法都讲给了黄帝，一共讲了一万一千五百二十种。此后，黄帝命人将白泽的叙述记录下来，便成了《白泽图》。

有了这本书作为参考，黄帝治理的天下便也更加风调雨顺。也因着这个原因，在上古还没有门神的时候，古人们就常将白泽的画像挂在门上用来驱邪避凶，还有人在被褥上绣上白泽的形象，或者干脆将玉石雕刻成白泽形态的枕头，用以防止梦魇。

白泽虽然性情温和友善，能通人语，也没有伤人的不良记录，但是鉴于其修行近万年，法术更是深不可测。因此，本委员会谨建议各位道友：以交友问道代替捕捉饲养，关爱神兽，人人有责。

“獬豸（xiè zhì）”是哪一个？年轻一代的道友可能对他不太熟悉，可我若提

到独角兽，想必大家就都会颔首了。獬豸是华夏上古神兽，体态如羊，形似麒麟，全身青毛，额有一角，故而有独角兽的俗称。

虽然獬豸形似“喜羊羊”，但他却是华夏一族勇猛正义的象征，也是灵宠界有名的智力担当。这是因为他不仅懂人言、知人性，还能辨是非曲直，分善恶忠奸。如果发现有人心怀不轨，獬豸就会用头上的角将对方掀翻，再一口把坏人吃掉。

最早知此习性并驯服了獬豸的就是上古四圣之一的皋陶。

据说，皋陶在断案时都会带着獬豸，獬豸用角顶谁，他就判谁犯法，一判一个准。正是在獬豸的帮助下，皋陶才将天下治理得公平无狱，而獬豸自此也常被凡人供奉在刑讼之所，以求司法公正。

獬豸虽然灵力高强，但是他们的灵力几乎都来源于他的独角，如果角断，獬豸就会立刻死去。

因此，委员会在此呼吁大家，不要购买野生独角兽制品，没有买卖，就没有杀害。

法阵暗语

一日，你正在树林中小憩，醒来时发现被困在一个法阵中，而手边多了一张纸条。纸条上写着奇怪的暗语：

“两角尖尖从中合，一尾向上退半边，一刀剪开分两耳，两眼相叠反向折。”

猜猜是哪只小妖给你留的信息？暗语的谜底又是什么？

获得道具【妖怪折纸】

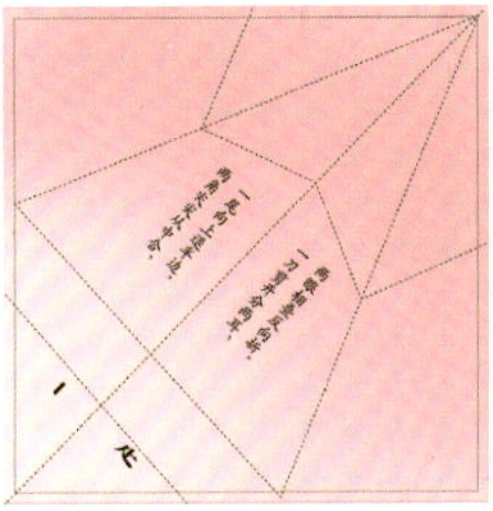

答案见下一页

暗语答案

请说出正确的谜底

谜底：给胡萝卜走两步

妖怪是：兔妖

第五章
海之谜
HAIZHIMI
「蔚海之滨，有异族鲛人、南海蝴蝶、龙女……嬉戏游乐。

鲛人

文◆久南乔

“让开让开！力气大的先走！嘿哟——”

阿冲一辈子也忘不了开海节那日波光粼粼的水面。渔民们气势高涨的吆喝一声赛过一声，他很快就被挤到了人群最末。冬季停渔已三月，包含阿冲在内，人人都想抢到最好的位置，收购最新鲜的鱼，拿去早市卖个好价钱。

“急什么，赶着去喂鲛鱼啊？”阿冲骂道。

樵爷转头一笑，“鲛鱼没有，说不定能遇到鲛人哩！哈哈哈！”

这种时候听到玩笑话他也笑不出来，阿冲懊恼地扯下头巾，他用手指细细摸索埋藏在浅滩上的白色光点，忽然摸到了硬硬的小圆球。

“咦？”

为何这种地方会有珍珠？

他皱了皱眉，往更深处走去。前方的渔民已然看不到身影，但他摸到了第二颗、第三颗……由于欣喜，他连指尖都在颤抖，索性“咕”地把头扎进海水中，渴望找到更多。

陡然，一抹炫目的光彩吸引了他的视线，阿冲心跳一顿，脚下竟是颗宽约十寸的巨型灵珠！

小时候爷爷说起过龙宫灵珠的故事，其蕴天地瑞气而生，三界罕见，持有者甚至能获得灵魂穿梭之力，绝对价值连城！

他立刻向光芒处游去。

这时，一个滔天大浪追逐着开海节的号角、将他掀翻入海。

“不——”

咸腥味涌入肺腑，阿冲无法呼吸，只能胡乱蹬着水底。他只是个做买卖的行脚商，不熟水性，他就不该贪那多凭空出现的灵珠！

混乱之中，温柔的蓝色液体包裹着他的四肢和发丝，太阳在水中的倒影渐渐远去，如烟花般消逝……

猛然睁开眼，却摸到了某种黏滑湿腻的固体。

是鳞片。

自幼杀鱼不下三百条的阿冲立刻辨认出这独特的质感。许是因为震惊，他忘了憋气，四周的海水却自然而然地吸入鼻腔。

“我……可以呼吸？”

他惊慌失措地胡乱摸着身体上下。

“不对，手还在，脸还在，但是腿……”

一条尾巴灵活地摇摆着，借助水流的方向将他送去前方，毫不费力。这不由得使他诞生了一个无比荒唐又无比真实的想法：

“我变成鲛人了？！”

二

“我变成人类了？！”

从梦中醒来的昔流打开被子，看到下半身有两条腿，吓得脸都成了青紫色。被她吵醒的老海夫妇闻声而来。

“阿冲醒了？”

“睡了一晚也差不多了吧，就是呛了点水罢了。”

“可他怎么在怪叫？”

老海夫妇急切推开房门，便看到她举起水盆往自己头上淋去——哗啦，湿透了一身。她顶着一头湿漉漉的长发，不仅没有觉得舒适，反而冷不丁打了个喷嚏。

“阿——嚏！”

怎么回事？连声音也变得这么粗重，难听死了！

昔流一下哭出了声：“怎么办，一定是因为我忤逆先生说了那种话，才会做这样的噩梦！变什么不好，偏偏是无恶不作的人类？”

她欲哭无泪地捂着脸冲到墙角。她本是一只自由自在的小鲛人，虽然平时总爱做梦幻想，可像今天这么不切实际的她还真没梦见过。如今多了一双腿，怎么看怎么别扭。

“阿冲，没事吧？昨日开海节你在岸边晕倒了，是方家那小子把你背回来的，还记得吗？”

“啊。”昔流确实想起了什么，但确是早些时候她和鲨先生的对话。

“汝等莫忘，吾辈鲛人切忌与人类相爱，否则便会失去魂灵、化作天地间幽幽的一抹泡沫。”

鲨先生乃是八百多年前便统率鲛人一族的长老，威望甚高，对待族人严厉非常，可他越是疾言厉色，昔流就越是不服气。

“可我从没见过鲛人变泡沫，阿妈也没见过，阿爸也没见过。”

“住口！老夫说这些都是为了你们好，还敢顶嘴？”

“陆地上的世界多宽广啊，昔流只是想上去瞧瞧，若是真没意思，回来便是。”

“真是胡言乱语，胆大包天！你忘了你祖母消失在岸边的事了？”

她总觉得鲨先生太过谨慎，鲛人拥有和人类一样的上半身，凭什么不能去地面上饱览大好河山？凭什么不能和陆地上的人类谈一场轰轰烈烈的恋爱？

她越想越好奇，趁着凌晨游去了岸边，看到了在海中摸鱼的人类少年，然后就被硬邦邦的船桨敲到了脑袋，然后……然后……

“嗯？”

忽然，她竖着鼻子仰起头，被一股香味勾着往屋外跌跌撞撞地走去。

“这孩子，莫不是饿坏了？”母亲摸了摸她的头发，“阿冲，今天娘做了你最喜欢的烤乳猪，快趁热尝尝。”

起初她是拒绝的。

鲛人长期生活在海底，捕食鲜活鱼虾为生，只有那些才是极其美味的。

奇怪的是，当那只猪蹄被母亲塞进她嘴里的瞬间，一口咬下去，唇齿间立刻布满了油乎乎的鲜香汁液，吱啦吱啦地沿着牙缝流淌下来，香喷喷的孜然配上恰到好处的海盐蒜香粉，直叫舌头高呼过瘾。

母亲“哎”了一声，就见自家儿子爬上餐桌，双手握住猪蹄两侧，大口大口地咀嚼起来，不消半刻就把整只肥美的猪蹄吞入肚中。

昔流感动到落泪：“原来烧熟的食物居然这——么好吃！我的人生都白费了！为什么从来没人告诉我烤猪蹄是此等人间绝味？”

啃完猪蹄，海父催促道，“阿冲，愣着干吗，学堂要迟到了。”

“学堂？”

昔流连嘴都来不及擦仔细，就背着沉甸甸的布袋被推出了家门。

门前大松树下，邻家方小伙大步走上前搂住她的肩，将她拐到了街市上：“阿冲，身子好点没？今儿咱不去学堂，去街上耍耍吧，老王家新进了一批陀螺，抽起来可给劲了！”

“陀螺？”

“对，你看看，这勾线，这打磨，多精致……”方小伙说着说着就没声了，“你在看什么呢？那是女孩子家的衣服！等等！”

这场面简直震惊方小伙全家一百年，他从小打到大的好哥们，他整日爬树耍剑的好哥们，居然对着一排五颜六色的长裙露出了无限憧憬的微笑，甚至还掏出口袋里的钱，直接问店家买了一套最艳丽、最花哨、最飘逸的款式。

难道他……

“哦，什么，有中意的姑娘了，都不跟我说？”方小伙自行消化了这巨大的信息量，埋怨地推了他一把，“咱还是不是好兄弟了？”

“稍等我一会儿，你先去学堂吧。”

“啊？”

行，这小子有种，买完裙子立刻去表白，他可不能打扰他。

没想到，一刻钟后坐在学堂里的方小伙能震惊到眼珠子都掉出来。

他的耿直好兄弟竟直接把长裙穿上了身，还随手将乱糟糟的头发挽成一个发髻，插了根小巧可爱的鱼形木簪，一走动，裙摆还会随风摇曳，远远望去还不知道是哪家的闺秀出门踏青呢。

“他——”

“这是谁家的女儿啊，这么漂亮的丫头我在城里都没见过。”邻座的矮胖子刚夸了一句，就被方小伙掉出手掌的厚书砸了个脑门，“哎哟！疼死我了！”

“这里就是学堂？”

阿冲一开口，这熟悉的少年嗓音才将恍惚陶醉的众人拽回现实。

学堂里平常安静不下来的男子们都瞠目结舌地望着他所在的方向，面面相觑，愣是没一个人敢上去搭话。

颇具职业素养的教书先生试图继续讲课：“今日……我们临习的诗句，摘自徐陵所著《天台山馆徐则法师碑》，假矣生民，何其夭脆，譬彼风电，同诸泡沫。”

泡沫……

这个词汇唤醒了沉浸于新衣服之中的昔流，她举手问："夫子，你说的泡沫是指海面上那层白色的、软乎乎的东西吗？鲛人真的会变成泡沫吗？"

她这略带娇俏的声线一开口，教书先生终于也绷不住了，两行老泪流下了眼眶。

"阿冲啊，这么多年真是苦了你了。"

"嗯？"

"你明明是女儿身，却要随了父母心愿假扮成男儿，无法随心所欲，一定吃了很多苦吧。无碍，无碍，哪怕只是在这间草庐里，你能做原原本本的自己就很好了。"

一众学堂子弟都同情地望着她，齐齐点了点头。

三

此时，碧波之下的深海世界，也是一片鸡犬不宁。

小蟹妖们按照约定游到珊瑚丛深处，却见往日干净整洁的水草如今歪三倒四，装饰用的海星都移了位，鲛人家的弟弟坐在石头上嘟着小嘴，爹娘则一脸忧虑地望向岩石内侧的房间。

"昔流姐姐怎么了？为什么把自己关在家里不说话？她约好要和我们玩的。"小蟹妖们的话越发让鲛人爸妈忧心忡忡。

"唉，我也不知怎的，她一醒来就四处横冲直撞，还揪着她弟弟做鬼脸，非得把弟弟弄哭才高兴。"

"都说女孩子家心思细腻，是不是鲨先生前日训她训得太过？适得其反？"

他们不知道的是，性格大变的昔流如今身体里是个人类少年。

而这少年，眼下正窝在房间里，满眼放光地摆弄着面前那一大盘白花花的圆润珍珠。

"鲛人泪还真能变成珍珠啊……不枉费我花那么大功夫让他哭出来。啧，质地这么精良的珍珠，放在市集肯定都价格不菲，假若一颗是三百文，那光是这一盘就能买下城里最好的屋子！"

感恩开渔节妈祖，让他走了如此好运。

这珠子若串成珠串兜售给名门望族，规模若是再大些，还能用珍珠做成价值连城的玉衣，进贡给皇帝，说不定能换个一官半职。

宏图已定，只欠珍珠了。

那要怎样才能让那小鬼弟弟多哭几声？像刚才那样扮鬼肯定几次就腻了，还会被爸妈追着屁股打，但要让他装病骗家人流泪又多少有点对不起良心……

“啊。”

对了，他可以弄哭自己，他也是鲛人啊。

不久后珊瑚屋内便传来了如雷贯耳的号啕大哭。那哭声，惊天地泣鬼神，用尽九牛二虎之力，偶尔像在干号，别提有多难听。

爹娘闻声而起，心下生怕自家女儿一时想不开自寻短见，连忙摆尾游来，就看到他们最最宝贝的小昔流正在拼命掐自己肚腩上的肉肉，掐得青紫了好几处，一边哭一边把成型的眼泪珠子塞进一旁的宝箱里，还边哭边笑。

鲛人妈妈直接一个白眼翻过去，晕倒在爸爸怀里。

——完了，这孩子莫不是去不了人类世界，受打击太大，变痴呆了？

四

“接下来的问题就是怎么把这些珍珠运去陆地上卖……咦？”

阿冲眨眨眼，又看到了那方老旧的天花板。

嘴边残留着烤乳猪的香味，海水不见了，取而代之的是他习惯的甘甜的空气，他一掀开被子，腿又回来了。

“我这是……黄粱一梦？”

在深海变成鲛人是假的，从天而降生财之道是假的，花了一整天收集两百颗珍珠也是假的？

阿冲有些失望，虚弱地躺回床上，却莫名觉得哪里不对。对，是头发。他平时都披着发到处走，顶多用草绳在身后束个马尾，可现在那些头发都老老实实地盘在头顶，从四面撕扯着他的头皮。

他连忙起身去镜子前检查自己的样貌。

这不看不碍事，一看不得了，镜子里的自己竟涂了一堆红不拉几的胭脂，还画了精细美艳的樱唇！发髻上甚至别了支鱼形小簪，玲珑小巧，别增倩意。

他慌忙把自己清理干净，又来到柴堆前砍柴。他不明白发生了什么，所有人见到他都是一副欲言又止的奇怪表情。

到底怎么了？连方小伙都不在家门口等他？

狐疑在阿冲拎起书袋前往学堂时抵达了最高点。他才刚走进草庐的屋檐，便看到一双双视线齐刷刷地盯在自己身上，曾经那些勾肩搭背的好哥们都用关爱小妹的眼神看着他。阿冲纳闷，转向教书先生，却发现先生一脸慈爱地递给他一本小书。

“给你的，阿冲。”

“什么？”

他翻开那书随便扫了几页，好家伙，竟是《女则》。

方小伙精准补刀：“阿冲，你下次也可以穿裙子来，我们不嫌弃你的。”

那一瞬，阿冲的表情比海底最坚硬的火山石还要坚硬八分。他恨不得把脑门挤进地缝。这时，他佯装冷静翻开习字帖，忽然在最新的一页看到了歪七扭八的几个字。

“我叫昔流，是鲛人族的小公主，你呢？”

砰——就像陈年老酒倒灌进喉咙，有一道灵光在他脑海中炸开，他仿佛明白了是怎么回事。

五

似乎只要在两人看得到的地方留下讯息，第二天他们就能彼此沟通。

昔流选择了珊瑚礁上的表白墙，阿冲选择了学堂里的习字帖。一旦交换了身体，他们就迫不及待首先去对方的领地寻找消息。

“你为什么穿裙子？我的形象都被你毁了！”

“因为在海里没机会嘛，你不也打了我第一顿，我还没跟你算账呢。不过，话说回来，人类的美食可真是大开眼界啊……”

昔流走遍大街小巷，尝遍好味山庄的金牌烧鹅、御膳居的梅菜扣肉、无名小铺的牛肉锅贴、靖水楼的红糖排骨、五香阁的香葱烤鸭，没有她不爱吃的菜。

至于钱，自然来自每天傍晚游到岸边，把一箱珍珠埋在沙滩上的美男鱼阿冲。

他委托昔流带回地面上的布匹香料和各类稀奇摆件，挨家挨户找鲛人们换眼泪，一时间变成了深海最耀眼的商业小天才。

他进货前还会再三叮嘱她：“这些珍珠都是合理所得，每家每户给我多少珍珠，我就要送还给他们等价的人类商品。你可不能迟到，必须按时把清单上的东西送来海岸。”

“放心，我每天都在逛街，怎么会忘记买东西。但我们可要说好了，赚来的钱三七分账，毕竟连鲛人做生意的规矩都是我教你的。”

“我七你三。”

“你信不信我拿你的身体去找方小伙表白？”

“你——你七我三！”

老海夫妇纳闷。儿子就跟变了性子似的，成天往海边跑，抱着一盒小红箱子去市集买这买那，也不知哪里赚来的钱。要说这开海节刚过，收些奇珍鱼虾贝类去倒卖也不奇怪，可好几次都有人瞧见他去城里最大的青楼、不到一刻便捧着一堆姑娘们不要的东西出来，鬼鬼祟祟地打包装进大麻袋。

方小伙也开始自责：“阿冲最近倒是不穿女孩的衣服到处跑了，可他或许内心还想做个女孩？我要不对他再宽容点？”

海底的鲨先生听说最近鲛人一族手里都多出一堆人类才有的玩意，更是气得胡子都竖了起来，指着阿冲的鼻子破口大骂：“你瞧瞧你都干了什么？那人类的东西是你该碰的吗？”

阿冲无辜：“我干了什么？我在帮鲛人脱贫致富啊。”

“你还顶嘴！跟人类沾上边肯定不会有什么好结局！九百年前人鲛大战，我们鲛人族一味忍让、退居深海，才得以保全自身，你祖母要是知道你干出这种事……”

六

鲨先生的担忧不无道理。

阿冲确是经商奇才，可他不懂人心贪婪。

不到七日，阿冲卖珠一事就传遍了街坊邻居之口。这天，昔流独自守着货物等在岸边，夕阳渐渐西沉，身后忽然传来方小伙众人的脚步声。

“阿冲，这么晚了还要下海捞鱼吗？”

“……不，我在等人。”

“可是庙会那边的灯会就要开始了，你真的不去看？可热闹呢。”

“灯会？”

昔流的眼睛立刻冒出了光。她经过一番纠结，还是咬牙同他们一道去了庙会，只见四处张灯结彩、人山人海，小摊贩吆喝着叫卖糖葫芦和煎饼，女孩子们挑选心仪的梳子，小朋友骑在父辈头上、指着远处的龙灯欢呼，她瞬间被这前所未见的喧闹繁华吸引了注意力。

“好漂亮！要是鲛人也有如此盛典该有多好……”

空气里依稀飘来古老沉吟的歌谣，轻盈灵动。

她的笑容却僵在了脸颊上。那是幼时祖母常唱给自己听的鲛人族民歌。

啪嗒——昔流手里的糖葫芦立刻摔在地上，她无意识地迈开脚步，往歌声的来源一路狂奔，眼中热闹的人群也离她渐渐远去。

在哪儿？在哪儿？

唱歌的人在哪儿？

就在她抵达寺庙门的同时，好奇心旺盛的方小伙正躲藏在海岸石壁后，从深紫色的海面中瞧见一名长发齐腰的少女，她的眼瞳反射着皎洁的月光，手中捧着一盒妆奁，身下竟是一枚布遍鳞片的鱼尾——

寺庙内院的歌声还在持续吟唱。

昔流紧紧趴在门缝上，清澈的眼珠里映入那白发苍苍的老妇人的背影，是她，是她在唱歌，尽管门上挂着沉沉的锁，她还是在唱歌。

“泣珠……报恩……君莫辞，今年……相见……明年期……”

“祖母，祖母！是你吗？”

昔流猛拍了一阵门板，歌声戛然而止，她意识到自己现在在用阿冲的少年音说话，难怪祖母受到了惊吓。

她还想再说几句，却被一人轻轻拍了拍后背。

“阿冲！你的秘密被我发现啦！”却是一脸灿烂笑容的方小伙，“说，你到底是从哪搞来的这么多绝品珍珠？海里那鲛人和你什么关系？”

“不是！我没有！”

“哎，阿冲！”

她害怕极了，反手打翻了方小伙捧在手中的珍珠盒，白色的珠子哗啦啦洒落一地，这下周围所有人都发现了异常。方小伙刚想道歉，就见她不要命地拔腿就跑，一口气连夜逃回阿冲家中，找出习字帖，颤抖着写下一行字。身后传来剧烈的敲门声，她浑身发抖，笔迹也断断续续的，潦草到几乎看不清。

“我有个族人被你们关在寺庙，救——”

七

翌日清晨，回到自己身体的阿冲看到这行字，后背不由得渗出一层冷汗。

“族人？寺庙？”难道家庙里囚禁的那个鲛人……

“咦，阿冲，你怎么还没出门？他们在海边等着哩。”母亲从屋外嚷嚷了一句。

“海边？”

“不是说方小伙昨晚看见了鲛人吗？他们都想去海里看热闹呢！”

“什么？！”

阿冲如临大敌，绷着脸提剑踏出家门，往岸边冲刺而去。

他也开始害怕了，若是因为他而导致双方开战，那后果不堪设想！”

“你们人类到底要逼我们到什么程度才肯罢休？！”

远远地他就听到了鲨先生的怒吼。不好，看来是已经吵上了。

人类瞧鲛人一族都气势汹汹地高举石枪石斧，方小伙和樵爷也在队伍前面，他们也不敢掉以轻心，纷纷找来了卫兵队的盾牌，看着确实有点仗势欺人的意思。

可阿冲知道大家都是好人，根本没想过要屠杀鲛人，这群人跑来岸边只是出于好奇心，但看到发怒的鲛人，人类也不禁怀疑是不是他们天生野蛮，不好打交道。

“是不是他们在气我们拿走了珍珠？”

方小伙的问话让樵爷茅塞顿开，连忙叫人示好地把珍珠放回水里，以为这就算道歉了，可没想到这一举动直接被鲛人误以为是挑衅。

“偷了我们的东西，还想羞辱我们吗？吾辈鲛族可不是领了施舍就感恩戴德的货色！”

鲨先生怒发冲冠，海潮随之高涨，岸边阴云密布，雷声轰鸣，人们都紧紧握住手里的兵器，不敢轻举妄动。

“怎么办？樵爷，要不要把炮车牵过来？”方小伙㞞了。

“也对，万一开战了还能吓吓他们。”

趁着双方对峙之时，昔流顺着暗河游到寺庙附近的池塘里，默念着变化人腿的咒语，然后忍着剧痛走上了岸。她没多少时间，必须赶在人类从海岸回来之前救出祖母，绝不能被人发现，每走一步、脚下都像刀割一样疼，但她没有放弃，强撑着走到了庙门前。

“祖母！是我，昔流！我来救你了！”昔流死命拍打着门板，声音都夹带了哭腔。

“小昔流？”那苍老的声音回应了她。

昔流喜极而泣，连忙掏出从寺庙住持那偷来的钥匙，塞进锁孔。要不是她前几日经常来住持这买佛像，估计也不会知道钥匙的所在，这一定是上天在给她救出祖母的机会——甚至连她与人类少年交换身体，都是为了这一刻。

“祖母，别怕，我这就放你出去！你再也不用忍受监牢之苦了！”

昔流这话却引起了祖母的不解。

“……昔流，你误会了，祖母不是被关在这里，只是尾巴卡在礁石里受了伤，一直在这家庙里调养身体。”

“欸？”

“你看，最初连骨头都看得见，如今伤口已经愈合了大半，再有几个月就能正常下海游水咯。”

昔流脑中一阵天旋地转。

原来，她以为的绑架了祖母的人类，其实只是出于好心，为祖母敷药疗伤。

原来，在院门上挂锁，其实只是为了防止不怀好意的人混进来，做坏事。

原来，从祖母消失的那天起，鲛人一族对人类的憎恨就只是来源于自己的想象。

他们并不是什么无恶不作的大坏蛋。

恰恰相反，他们是救了祖母的恩人。

八

“杀了他们！”“杀了人类！”

鲛人中气十足的呐喊从遥远的海滩上传来，惊出昔流一身冷汗。

不，他们弄错了！她必须阻止他们！

“外面发生什么事了吗，昔流？”

祖母温柔的嗓音让她回过神来，随即，她大步走到祖母跟前，弯下腰去，咬牙扯开了衣袖，请祖母趴到自己的后背上。

“我们得去解释清楚，口说无凭，他们肯定不会信我，除非祖母能作为证人，证明人类是善良的。”

“可是……鲛人分开人腿本就很疼，若是再背上我，岂不是双倍的剧痛？”

“我不怕。”她擦掉眼泪，艰难地迈出第一步。

此时，波浪滔天的海边，人类同鲛人的对峙仍在继续，竟有愈演愈烈的趋势。

“我们没有恶意！”

“说得好听，可你们不就是想掏空鲛人的眼泪，拿去赚钱吗？刚才还嘲笑我们！”

“那不是嘲笑，是歉意！”

“哪有像你这样道歉的？荒谬！”

鲛人与人类隔绝已九百年，此间，鲛人形成了一套自己的礼仪系统，和人类惯用的那一套大相径庭。

情急之下，阿冲猛然想起了在海里生活的点点滴滴。他忽然一个健步跳入水中，扑通——溅起巨大的水花。

旁观的人类都急忙向岸边靠拢，焦急地呼唤着阿冲的名字，水里的鲛人则凶神恶煞地逼近了他，似乎想用石枪刺穿他的胸膛。

然而，就在千钧一发之际，水里的阿冲突然做起了奇怪的动作。

“这……这是……”

人类看得大眼瞪小眼，鲛人却明白，这是鲛人族表达诚意时最常用的泳姿。他没有尾巴，只能蹩脚地模仿当初在深海学来的动作，看上去十分可笑，却让长老一时有些恍惚。

他想起了昔流奔走于鲛人之间，做着同样的动作，说服他们接受人类的商品时的目光。

“这是司南，有了它，在海里就永远不会迷路。”

“这是麻绳，有了它，就可以轻松捆绑起任何东西。”

“这是讲贝类饲养的典籍，有了它，我们也能建自己的渔场……”

阿冲发自内心地想把好东西都带给鲛人，因为他知道，最一流的商人，买卖的不是价格利差，而是人运。

若是引发了人类和鲛人的种族争执，那他便是最差劲的商人。

“……”

鲨先生陷入沉思。

“长老，我们还要进攻吗？我看他们好像不是来挑衅的……”

“嘘——”

他抬起权杖，只因他在人群尽头瞥见了一个熟悉的少女的身影。

“昔流？”

“是昔流！”

“她后背上的是……”

昔流的双腿由于用力过度而近乎痉挛，手臂紧紧搂住祖母的鱼尾，东一步，西一步，每次起伏都会忍不住疼痛出声，即使如此，她还是战胜恐惧，一点一点接近了海面。

“祖母还活着，她被人类救了，是你们……误会人类……了……”

话音刚落，她便犹如折翼的飞鱼一样坠向地面。

咚——

稳稳将她接在怀里的竟是慌忙游到岸边的阿冲，他单膝跪地，用颤抖的手扶住她消瘦的双肩，轻轻安抚着她满是泪光的脸颊。

围在海岸上的人类和鲛人好像都明白了是怎么回事。

本应失踪的鲛人祖母平安出现在岸边，鲛人少女和人类少年紧紧相拥，还有什么比这更能证明误会的真相呢？

他们都齐刷刷地望向最德高望重的长老。

“哼。到此为止吧。”

鲨先生闷闷不乐地收起武器。

陆地上的樵爷倒高兴了，乐乐呵呵地招呼大家伙搬来最烈的酒，摆在沙滩上，邀请海里的鲛人朋友都来尝尝味道，还时不时爆发出惊雷般的大笑声。方小伙唯唯诺诺地问了句“炮怎么办”，樵爷竟反手一挥，“放了吧，里面本来装的就是烟花！”

一时间，阿冲觉得自己才是被蒙在鼓里的人。

嗤啦——

五颜六色的亮光升上夜空，在比肩星星的地方绽放开来，照亮了所有人的额头，照亮了鲛人的憧憬，照亮了人类见到奇迹生物的欢欣，也照亮了鲨先生眼角的皱纹。

宴会进行到一半，变回鱼尾的昔流游到闷闷不乐、却很熟练地往嘴里倒酒的鲨先生旁边，好奇地对他眨了眨眼。

“鲨先生，我还有最后一个问题。”

“你说。”

“为什么我没有变成泡沫？”

“……”

鲨先生心虚地挪开酒杯，转了个身。

昔流顿时怒气冲冲地张大了嘴，指着他的鼻子骂了回去。

“好哇，你居然敢骗我！”

“老夫也没想到你真的会爱上人类啊。”

“我、我才没有！”

鲛人 —— 妖怪小科普

《山海经》中曾记载：“氐人国在建木西，其为人人面而鱼身，无足。”意为：在氐人国，人们都长着人面鱼身，没有双腿。

而《搜神记》则有更详细的关于鲛人的描述：“南海之外，有鲛人，水居如鱼，不废织绩。其眼泣则能出珠。”

在南海之外，有一种居住在水中的鲛人，他们拥有鱼尾，能织布，流泪时，眼泪会变成珍珠。

南海蝴蝶

文◆望城叽

“多年前啊，大海与天空本是一体，万物皆为混沌。就这样，过了亿万万年，在混沌中，终于孕育出了一对灵石，灵石孕育出一双蝶，有翅者为羽蝶，无翅的则为蛱蝶。”祖母轻轻地拍着小阿瑜，手指尖的宝石泛着莹莹的蓝光，温柔的叙述声如海水般缓缓荡开。

“羽蝶掀开巨大的蓝色翅膀，扇啊扇啊，轻的气泡向上飘，成为了苍穹，重的则变成了大海。”

“哇！羽蝶的翅膀好厉害！”小阿瑜睁着闪烁的双眸，兴奋地打断。

祖母继续回忆道：“羽蝶将苍穹从混沌中分离出来后，自己也扶摇而上，在云的彼端，寻到了一个盛满了鲜花的地方，世世代代生活在那里，无忧无虑，幸福快乐。”

“那蛱蝶呢，蛱蝶去哪了？”小阿瑜迫不及待地追问。

“蛱蝶啊，蛱蝶因为没有翅膀，只能生活在海边。但是，如果它们生前善良勇敢，很多年之后，灵魂也会去到云端，和羽蝶生活在一起。”祖母微笑着耐心地回答。

小阿瑜心中一松，望着祖母慈祥的目光，嘴角挂着笑，在轻柔的讲述中，缓缓进入了梦乡。

——“看来阿爹和阿娘现在应该生活得很幸福吧！”

二

在阿瑜生活的世界里，只有一望无垠的大海，还有常年不散的仙雾。她的家就在海岛的最北边的山崖边上。

平日里在第一缕阳光洒进屋内时，阿母会准备好甜甜的果浆，然后灌满小葫芦，叫阿瑜起床去族中进学。

族学里的先生只教习一门学问，那便是《羽乐》。

相传《羽乐》是先祖畅游梦中仙境，有感而作，共七七四十九首，每首音律和谐且富于变化，艺高者演奏时，常有仙鹤伴舞，更有甚者，可达仙境，上通仙语。

阿瑜有幸见过一次仙鹤，那时她偷偷潜入先生的藏书院，正巧窥见先生私下演奏。先生平素严肃持守，不苟言笑，但却在引来翩跹的仙鹤后，不禁喜形于色。

但此时，阿瑜眼前的先生可没有那么可爱。他明显发现了阿瑜走神，正手持戒鞭立于一旁，目光咄咄，语气不善：“阿瑜，将昨日所授的《羽乐·十九》演奏一遍。”

阿瑜暗自庆幸自己昨日有好好听课，正危坐起手时，发现桌案上的琴弦赫然断了两根，正是《十九篇》的主音，一时手指仿佛僵住，不知如何是好。

一旁传来热切的目光。

“如何？难道昨日你也未认真听为师授课？！”先生将手中的戒鞭凌空一摔，在空气中炸开凌厉的声响。

阿瑜被吓得一颤，手足无措，慌乱中便弹错了第一个音。她面上一红，咬着的唇瞬间泅出了鲜血。

只听耳边又传来细小的嘲弄声。

“上前来！”先生喝道，“课业不精，散漫懒惰，领罚二十鞭，以儆效尤。”

阿瑜颤巍着俯下身，将布满伤痕的后背展露出来，清晨冰凉的水汽，刺激着她细嫩的皮肉。黑色的戒鞭一下下满含劲力，蝴蝶骨传来断裂般钻心的疼痛。

一鞭、两鞭、三鞭、四鞭……二十鞭。

意识渐渐模糊，阿瑜心中升起了一股幽怨。

——“如果，如果阿爹和阿娘能带上阿瑜该有多好。”

三

捉弄她的人是族里祭司和神乐的后裔。

她背靠着树干，眼神执拗地望着眼前的众人。

“怎么？没爹没娘的野种也配用这种眼神看我？”为首的少女擒住她的下巴，“看来这些年的教训，还是没教会你什么叫规矩！”

说完她使了个眼色，沉重的拳脚便如暴雨般落下来，有些直往背上的鞭伤而去。

阿瑜下意识地用手臂护住脸庞，闭上眼睛，静静忍受这一切。

快了，快过去了，只要再忍一会儿，就好了。

“无趣。”声音响起，疼痛暂时停了下来，少女眼神略带鄙夷，“啧啧，这张脸确实长得不错，还知道护着。”

她抬起穿着丝绒绣珠的鞋，慢慢碾在阿瑜的手臂上：“蠢货，这次只是弄断琴弦，下回还有更好玩的！”

说完她一脸厌恶地将绣鞋上的泥土，蹭在阿瑜的布衣上，带着众人转身扬长而去——

待到天黑，阿瑜才缓缓推开小屋的木门，桌案上有烛火一盏，屋内能听到海风轻拍海浪的声音，还有祖母熟睡的呼吸声。

她长舒一口气，将烛台端起，轻手轻脚地回到房间。

阿瑜翻开抽屉，从一堆乐谱和木头零件中，找出一本泛黄的古书——《苍穹记》。

“古有苍穹之地，生无忧花，千愁可解，永乐无哀，唯羽蝶与善灵可往。”书旁画满了各式各样的图样和注解。

她一遍又一遍地用指腹摩挲着书中的墨迹，仿佛要将这些文字一遍遍刻在心上。

第二日，天还未亮，林外便传来乒乒乓乓的声响。

阿瑜嘴里叼着麻线，一手拿着斧头，一手握住木头，眼睛望着前方的图纸，正愁眉思索。

先祖设计的这对风翼，外表看似简单，内在机窍实则十分复杂，这个榫卯是如何卡合的，她研究了一周才摸到了一点门道，这还是在偷偷潜入先生的藏书院，偷看到《古艺解》后才弄清的。

但是没关系，不管多困难，她也一定会做出来。

“阿瑜——”林外响起祖母的呼唤声。

阿瑜停下手头的斧凿，用树叶藤蔓将散落的木头盖好，转头起身走出林间，回道：“阿母——我在呢！”

晨间，祖母一边往阿瑜盘里倒上甘露，一边疑惑问道：“阿瑜，你可见到我那匹绯色的棉布？”

阿瑜一愣，立刻垂下眼，低着头大口喝着甘露。

“入秋了，本来是准备给你做件衣裳的。”祖母叹了口气，扶着座椅缓缓落座，“唉！人老了，糊涂了，连东西放哪了都不知道。”

祖母慈祥地望着阿瑜，像以前一样，缓缓伸手抚摸着阿瑜乱糟糟的头发："阿母老了，睡得沉，连阿瑜昨晚什么时候回来都不知道。阿瑜若有什么事，记得要跟阿母讲，阿母一定帮你。"

阿瑜手中的动作顿住，笑着回道："阿母放心，棉布会找到的。"

往后数月，阿瑜除了按时去往族中进学，几乎每时每刻都待着林中，昼夜不分地研制她的"风翼"。

风翼，据载又名浮翅，可借助风力，浮万物于空中。

阿瑜自认《羽乐》的琴技此生都不可能臻入化境，便只能从其他门道入手。

据传先祖中有通天者，曾撰写过一部《祭典》，有一则上古密语，可让颂念者脱胎换骨，飞升仙境。只可惜它只存在于传说中而已，倒是这《古艺》中记载的风翼尚可一试。

纵然双手已经被磨出血泡，新旧不一的伤口层层叠叠，阿瑜也丝毫不觉得难受，她得赶在三日后，海上季风最盛的那一天完工。这样，她的风翼飞起来的概率才会最高。

至于阿瑜这些时日在族学和家里的反常，自然引起了关注。

四

阿瑜总觉得回家路上有人在跟着自己。

她走在小道上，不时向四周张望，心中万分煎熬。今日就是这一天，可千万不能出岔子。

刹那间，她被一个石头砸到了脑门，嘭的一声便向一旁倒去。

"哈！瞧这个蠢货！"上方传来熟悉的嗤笑声。

是他们！

"蠢货！你每天这么急着回家，是要给你阿母上坟吗？"少女娇俏地笑着，细长的眼角微微上挑。

阿瑜下意识攥紧拳头，指甲不自觉深深钳进了肉里。

“上次说要好好玩玩，不如就今日吧。”少女从背后抽出一把银刀，慢慢在阿瑜的脸上比画，嘴角弯弯愉悦地欣赏她脸上的悚然。

路旁忽然起了一阵长风，少女身后有人道：“阿月，今日风临，祭司大人让我们早些回去。外面不安全。”

少女听到“祭司”时略微有些犹豫，良久才愤愤地扔了刀，但仍凑近恶狠狠地威胁道：“蠢货，别以为我不知道你在做什么。低贱的东西，永远也逃不出我的手心。”

阿瑜心中陡惊！不会的，她不可能知道！

强压下面上的恐慌，等人影完全消失在小路尽头后，阿瑜疯了似的向林中奔去。她拨开掩盖的草皮和树叶，看见已经完成的风翼被破坏殆尽，绯色的布条被剪碎，木榫也被砸开。

她愣住了，脑海一片空白，身体里的血液快速涌向四肢百骸。

那些辛苦和努力，期盼和幻想。

全部都化为了泡影！

——“为何，自己要受到这样的对待？！”

五

那一天，季风夹杂着罕见的暴雨肆虐了一夜。

阿瑜回到房间时，全身湿漉漉的，仿佛丢了魂一般。

楼梯间传来吱吱呀呀的木板声。祖母蹒跚地托着灯盏，缓缓推开了阿瑜的房门，坐到床边。

她像小时候那样，轻轻拍着阿瑜的被角，心疼道：“阿瑜不开心，阿母知道。阿母虽然老迈无能，但一定会倾尽所有帮你。”

阿瑜抬起泪眼，一头扎进了祖母的怀里，往日的委屈尽数化为号啕大哭宣泄出来。

“阿瑜有没有想过，仙境可能并非那般美好。”祖母轻抚着阿瑜的后背，长叹一口气，从指间取下那枚蓝色宝石，放到阿瑜的掌心。

“阿瑜还记得小时候阿母说的羽蝶的故事吗？故事里那对从混沌中孕育出来的灵石，可以帮助世人实现愿望，只要许愿者心意至诚至坚，再加上一滴血泪。”

阿瑜哽咽着止住哭声，泪眼朦胧地看向手中的宝石。

“阿母祖上有人去过仙境，秘密带回了这枚灵石，命后代传承守护。”祖母慈祥地端详着眼前这个小泪人儿，“不过如今，便交给你了，只是你要记得，灵石遇水则隐，还有万事必不可能尽如人愿，有所得必有所失。”

此时，一阵海风溜进屋内，将孱弱的烛火熄灭。

一滴泪水正巧砸在宝石上，瞬间便爆发出无比耀眼的光芒，将整个小木屋包裹起来。阿瑜惊诧地看着眼前的奇景，几息后光芒隐去，阿瑜觉得手心温热，轻轻一握，硬物的感觉已消失一空。

黑暗中，她感觉到头顶轻柔的抚摸，还有祖母温柔的声音。

“阿瑜记住，要好好照顾自己。”

翌日清晨，阿瑜被一阵剧烈的撞门声惊醒。

“开门！开门！”

阿瑜刚一拉开门扉，便被眼前的众人押解起来。她定睛一瞧，来者皆是族中显赫人物，祭司、神乐，甚至连平常极少露面的司监也出现了。

司监厉声呵道：“大胆小贼，昨夜私闯法殿，盗走圣物，还不快快交出来！”

阿瑜双手被捆住跪在地上，心中茫然，不知他们所谓何事，只能摇头表示自己并不清楚。

“哼！圣物乃上古所传，是族中至宝，你胆敢觊觎，肯定在屋内藏着，给我搜！”

一行人手持武器，蜂拥进屋内，不管三七二十一将屋内翻了个底朝天，却什么都没有搜到。

“报告，小人昨夜的确看见她一直在外徘徊，丑时方才回家。”

“小人昨夜还看到悬崖这边有剧烈的蓝光，正是圣物的光辉。”人群中有人站出来继续发出诘难。

“肯定就是这个贼女所为，不然为何她的祖母也畏罪潜逃了。”

“对！一定就是她！”

……

阿瑜心中一变，阿母不见了？

司监冷着面，跺了下手杖，眼神不怒自威：“将她带回法殿，若不说出圣石下落，按族法处置。”

六

阿瑜张着干枯裂开的唇，眼神死死地盯着墙脚的蚰蜒。她的手被绑在法殿的石柱上，身上布满了交错猩红的鞭痕。

她冷冷地想，他们仿佛除了使鞭子，也变不出什么花样，先生是，祭月是，连司监也是。

哦不对，他们还懂得给犯人断水断食。

四十七日，阿瑜被关在这阴森的法殿已经整整四十七日了。

没有阿母的消息，也没有人来探视过自己，只有司监每日亲至的鞭刑。

身体已经没有知觉，不管什么严酷刑法，她只想知道阿母那晚后去了哪里，难道也和阿爹阿娘一样……

寂静的大殿内传来石门吱呀的声响。

“蠢货，没想到你竟然偷了圣石。”一道熟悉又陌生的娇俏声音响起。

阿瑜心中嗤然。

“你可知司监一脉本为守护圣石而延续，若没有圣石的庇佑，他们迟早形神俱灭。你再不说出圣石的下落，后日可就会被当众施以火刑。”她抚着下巴一脸兴奋地望着苍白如纸的阿瑜。

阿瑜心中一惊，低着头并不看她。

“我今日可是来帮你的。我知你一直在寻找仙境，我这里就有个法子。只要你——”少女勾唇一笑，故意拖长声线。

阿瑜抬起头，猩红溢血的目光穿过零乱的发间，直直射向面前的少女。

“只要你答应将你这副好皮囊给我，我便将《祭典》中遗失的上古巫语教你。”她轻轻勾起阿瑜纤弱如玉的脸庞。

阿瑜眉头紧蹙，她如何得知上古巫语！

“我父亲便是尊贵的祭司，他最宠我你也知道，什么好东西我得不到。”少女轻捻着手指，仿佛为了增加可信度，她强调，“我对仙境不感兴趣，独独想要你的皮囊。”

阿瑜胸中一热，心道如今这番惨状，也无甚可求。

“一张皮而已。成交。”

当冰凉的刀再次划破颈边和脸颊，阿瑜感觉四肢的血液悉数上涌，无数温热的液体自脸上涌出。

痛，漫天而来的锥心之痛让她忍不住全身颤抖起来。

不一会儿，得到自己想要的少女兴奋地注视着手心之物。而阿瑜也念出了那句传说中的巫语——

她听见身体中的骨骼传来细碎的声响，肌肤一寸寸剥落。一种从未有过的漫天恐惧仿佛深海般紧紧包裹着她。

胸腔处出传来剧烈的疼痛，令人窒息。

剧痛让她的视线逐渐模糊，眼前仿佛出现了祖母微笑的模样。再也忍受不住的她小声啜泣：“阿母你在哪儿？阿瑜好疼！”

阿母摸着她的脑袋，有细碎的光渐渐从四肢百骸渗出，最后汇集成一双紫色的巨大翅膀。

阿瑜眼前一黑，彻底失去了知觉。

七

我在一片黑暗中醒来。

醒来后，我变成了一只长着翅膀的蛱蝶妖。

我记得自己叫阿瑜，生活在南海边，从小便渴望去到一个叫作仙境的地方，为此我努力研习《羽乐》，还制作了风翼，甚至剔骨蜕皮，献祭了自己。

献祭的痛其实不算什么，跟这些年受到的欺辱相比，甚至不值一提。

从小阿母就告诉我，虽然阿爹阿娘离世了，但她会一直陪着自己。现在，连阿母也离开了我。

我费劲心力，终于到达了传言中的无忧仙境。

但那里并没有爹娘和阿母，也没有羽蝶，甚至连一株无忧花也没有，只有一座孤零零的岛屿悬浮在大海上空。

岛上没有日出日落，没有风声鸟鸣，更没有时光流逝。只有孤寂与悔恨，无时无刻不在啃噬着我。

我哭喊、挣扎、狂怒，拼命想逃脱，可依旧无济于事。

定是祭月给了我错误的咒语！她一贯便是如此恶毒。仙境不是这样的，这一切不应该发生，我要见阿母！我要回家！我要回家！

不知过了多久，久到一滴泪蓦然从我眼角滑落，砸在手心中，之后爆发出耀眼的光芒。

等我醒来时，发现自己竟然回到了悬崖边的那个小木屋——

那天，正是季风来临的当日。

我看见自己焦急地走在小道上，看见祭月带着一行人用刀欺凌自己，还看见在不远处，阿母佝偻着颤抖的背脊，和充满悔恨的双眼。

原来偷偷跟在自己身后的是竟是阿母，我鼻中一酸，脑海中突然想到什么，飞也似的朝树林中跑去。

决不能！决不能让风翼成功！

可是——

我能破坏风翼，却不能阻止阿母将灵石给我。

阿母本已垂老，仅靠灵石维系着性命，一旦分离，便会形神俱灭。

每当我准备现身，将一切告知阿母时，剧痛便会从掌心蔓延到四肢，身体也会慢慢消失。

我看见那个夜晚，阿母燃着灯，侯我至深夜。她眼中满是心疼与无奈，颤巍巍地亲手将灵石交予我。

我站在窗外，任如何拼命呼喊，也不能制止。只有拼命挣扎时翅膀掀起的长风，熄灭了屋内微弱的烛光。

那句“好好照顾自己”也成了阿母的临终诀别。

不可以让阿母因我而死，绝不可以！我心知自己不该贪求过多，只要阿母能复生，我愿意做任何事情。既然这颗灵石不能用，那便去取法殿的那颗。

往日便听祭月吹嘘法殿的机关精巧，既可阻宵小盗贼，也可拦千万敌兵，可笑的是其机窍原理皆出自《古艺解》。

我不费吹灰之力便拿到了另一颗灵石。

这次我只要一切回到最初，让阿母复生。

我迫不及待地飞到崖边，许下愿望后正准备将备好的眼泪滴下，只见崖下有一条船泊在岸边，船上的人争相用铁钩和船桨向我拼命砸来。

“是巨蝶！快看！”

“抓住它，要活的！”

我一时不查被铁钩狠狠击中，装有眼泪的瓶子和圣石从手中滑落，应声摔落到山崖下。

我挣扎着想扑扇翅膀去抓，但背后已被铁钩砸得鲜血淋漓，双肩一痛，我一头栽倒跌下悬崖。

“头儿，这东西好大！”

“老子出海这么些年，竟然没有见过如此奇物，难不成这是仙岛？”

“那吃了这东西，岂不是可以成仙，哈哈哈！”

他们一边打量，一边争论着，说完便一拥而上，将我的翅膀和须足撕碎。翅膀无用被弃置一旁，他们又用秤称完肉后一点点分食。

在他们的狞笑声中，我不甘地睁大双眼，只差一点，只差一点就能完成许愿！只差一点，阿母就能活过来！

我死命望向被扔到一边的翅膀的方向。

谁也没发现，翅膀上的血滴逐渐凝聚，最后缓缓落在了灵石上——

八

多年后，在一个小岛的悬崖边，一位老妪正在花丛中采蜜，俯身时听到不远处的石崖下传来断断续续的婴儿啼哭声。

老妪走近一看，一个背部满是伤痕的娃娃正躺在鱼群边哭泣。

老妪伸手将她抱起，轻轻摇晃安抚，她便止住了哭声，还露出了天真的微笑。

老妪心头一软，轻点小婴儿的脸蛋。

——“阿瑜乖！以后便跟着阿母一起生活吧！”

妖怪小科普——南海蝴蝶

《岭南异物志》中曾记载过这样一种巨蝶："常有人浮南海，泊于孤岸。忽有物如蒲帆飞过海，揭舟。竞以物击之，如帆者尽破碎坠地。视之，乃蛱蝶也。"

有人在南海乘船，停泊在一处人迹罕至的岛岸边，忽然看到有一个形似蒲扇和长帆的妖物飞过，争相用锐物攻击。妖物被击中摔落在地。走进一看，发现正是巨蝶。

恋恋前世妖

文◆望城叽

1. 眼前一片昏暗，你仿佛闯入七彩的梦境之中。一道微弱的呼唤声将你从迷蒙中唤醒，你睁开眼后，发现自己来到一个奇异的世界，这个世界是：

A. 十里繁花、清香四溢的桃林 跳转2

B. 万物混沌、四周幽暗如冥的洞府 跳转5

C. 明珠珊瑚、熠熠生辉的水月之境 跳转3

2. 你环顾完四周，又低头，看了看自己的模样。竟然：

A.全身被细长的茸毛覆盖 跳转5

B.身着七彩绚丽、仙气飘飘的纱衣 跳转6

3. 你觉得这个地方既古怪又熟悉，自己好像在梦中见过。是梦境吗？可周围的一切又那么真实。你认为这是：

A.妖界 跳转6

B.梦境 跳转4

4. 你脑海中的场景慢慢变得清晰，迷蒙中将你唤醒的那个声音好像在说："我等你。"那个声线：

A.温润如玉 跳转7

B.痛苦克制 跳转9

5. 这时，一只闪烁着光芒的妖怪出现在你面前，你觉得它是：

A.浑身浴火，金芒闪耀的凤凰 跳转8

B.扑闪着紫色梦幻翅膀的蝴蝶妖 跳转6

6. 这时，一只闪烁着荧光的蝴蝶妖出现在面前。她竟开口唱起了一支熟悉的小曲，曲声婉转悠扬，你心驰神往。你觉得这首曲子的唱词应该是：

A. “多少恨，昨夜梦魂中，还似旧时游上苑。” 跳转9

B. “心之忧矣，之子无裳。心之忧矣，之子无带。” 跳转7

7. 还没等你回过神，一团黑雾如海啸般从远处席卷而来。你决定：

A.单手捏决召唤灵阵，用妖力对抗 跳转14

B.找个隐蔽的地方，躲起来暗中观察 跳转10

C.转头就跑 跳转9

8. 突然，你感到周围灵力波动，喉头一痛，一口热血溢了出来。你忙用双手去擦，却发现手上的血颜色是：

A.红色 跳转7

B.蓝色 跳转9

9. 一股力量从后方袭来，将你拍向空中，你在惊慌中落入了一个温暖的怀抱。这个怀抱的主人是：

A.白泽 跳转10

B.傲龙 跳转12

10. 眼前出现的这个妖怪，面容俊雅，衣袖如云，浅浅一笑，对你说：

A.别怕，有我在 跳转13

B.小妖，终于逮到你了 跳转11

11. 他将你缓缓放下，从怀里递给你一件用手帕包裹着的物什。你打开一看，发现是：

A.幻影羽衣——可拥有绝世的容颜 跳转12

B.金色鳞片——可拥有永生的能力 跳转13

12.你觉得他和你的关系是：

A.师徒 跳转结局C

B.仇敌 跳转结局D

13. 他将你的身世缓缓道来，原来你因为去过异时空，丢失了记忆。他拿出一滴玉露，喝了它便能找回记忆，你是否愿意：

A.愿意 跳转结局B

B.不愿意 跳转结局A

14. 黑雾渐渐啃食着周围的妖灵，你是否愿意通过牺牲自己全部灵力换取安宁：

A.愿意 跳转结局D

B.不愿意 跳转结局A

结局A

怀梦草妖

“有梦草，似蒲，色红，昼缩入地，夜则出，亦名怀莫。怀其叶，则知梦之吉凶，立验也。”

——《洞冥记》卷三

你的前世是一只生长在十里桃林的怀梦草妖，名叫怀莫。灵力微弱时为浅红色，灵力充沛时为深红色，白天会躲藏在地里，晚上才会出来玩耍，拥有预知梦境吉凶的能力，且梦境会即刻应验。神兽伯奇是你的至交好友，你俩一妖辨梦，一妖食梦，合作得天衣无缝，但前世你为救他而亡。

结局B

狐妖

“有狐绥绥，在彼淇梁。心之忧矣，之子无裳。”

——《卫风·有狐》

你的前世是一只容貌瑰丽的小狐妖，名叫阿绥，全身长满白色茸毛，额上有红色花形胎记，经常会躲在树枝上睡觉，最喜欢听一位穿白衫的公子念《诗经》，他的声音让你觉得温暖而平和。你化作人形，和他度过了平淡幸福的时光，却被一名捉妖师炼化。

结局C

鸾鸟

“有鸟焉，其状如翟而五采文，名曰鸾鸟，见则天下安宁。”

——《山海经·西山经》

你的前世是一只鸾鸟，身披五彩羽衣，叫声清亮而幽远。因有祥瑞之兆，某次离家游玩时，被捕获献给帝王，自此被囚禁一生。你恨帝王，却始终无法逃脱，每次靠近铜镜看见自己悲凉的身影时，便会发出凄楚的悲鸣，直至郁郁而终。

结局D

龙女

“震泽中东海龙王女掌龙王珠藏。龙嗜烧燕。帝以烧燕献龙女，龙女食之大喜，以大珠三、小珠七、杂珠一石以报帝。”

——《太平御览》

你的前世是东海中俏皮可爱的龙女，喜欢吃香喷喷的熟燕，本来自由自在地畅游在海底，每天调戏小鱼小虾，偶尔揣着一麻袋珍珠到人间逛逛。不想却遇到恶龙现世，掀起滔天巨浪。为了拯救四海生灵，你选择化作一颗明珠，牺牲自己封印住了恶龙。

妖怪世界，危机四伏。

误入的朋友，为保生命和财产安全，请记得随身携带妖界出版的《妖怪宝典》。

宝典内收录了从古至今人类对妖界的文献记载，魑魅魍魉、精怪异兽、奇闻异事，应有尽有。

本宝典不仅可以避邪驱魔，还可保家宅平安，过年赠亲友，回家赠小孩，都是不错的选择。

超低优惠，限时二折，各位走过路过，千万不要错过哟！

宝典一号

《幽明录》

代言人	刘义庆
售　价	五个妖币
推荐语	奇闻异事，包你喜欢

精彩预览

这日，汉武帝和大臣们正在未央宫举办宴会，吃得正开心时，忽然听到一个声音道：“老臣冒死进言。”

汉武帝只闻其音，不见其人，找了许久，才在殿内的横梁上发现一个老翁，须发皆白，只有筷子高，佝偻着身子，拄着拐杖。

汉武帝很惊奇，待仔细询问，却发现老翁不见了，只好招来博学多闻的东方朔。

东方朔回道：“老翁是水木精，名叫‘藻兼’，夏天住在深林里，冬天则下潜到河里，陛下之前大兴土木，毁了他的家，这才来找您倾诉。”

汉武帝有所感，来到河边停止了徭役。没想到水中竟然传来乐曲，老翁和几位少年踏着水波而出，少年们身穿红衣，腰饰素带和璎珞。其中有一位少年，手持乐器，衣袂飘飘却不沾水。

汉武帝甚奇，并设宴款待，小妖们为感谢武帝止伐，演奏了美妙的乐曲。老翁还献上了一个紫色的宝物。

那宝物形如螺壳，壳内装着牛脂状的膏体，是用蛟龙髓做成，涂在脸上，能美肌养颜。

除此之外，老翁还命妖取来一枚直径长数寸的明珠，珠子的光辉明耀夺目，名曰“洞穴珠”，因产自河底洞穴中的红蚌而得名。

宝典二号

《搜神记》

代言人 干宝

售　价 六个妖币

推荐语 神妖难觅，诡事易寻

精彩预览

宋朝元嘉初年，富阳县有一个姓王的人，在水沟中放置捕螃蟹的笼子。天亮时分，他正准备收网，却发现有一根木头将网子撑断，捕到的螃蟹都溜走了。无奈的他只好把笼子重新修好。

没想到几次三番，都出现了这种怪象。王生疑心这根木头可能是妖怪，便将他束在笼中，准备挑着回家当柴烧。

在离家还有三里地的时候，王生听见笼子里传来响动，转头一看，发现里面的木头变成了一只人面猴身，一手一足的妖怪。

妖怪面露愧色，说道："我喜欢吃螃蟹，这几日弄坏了你的笼子，吃了里面的螃蟹，都是我对不住你。我其实是山神，可以庇佑山民。"

王生回道："你是个小人，言行前后不一，应当处死。"

那妖怪苦苦哀求，让王生放了它，但王生并不理睬。妖怪又频频问他姓名，王生依旧不答。

最后妖怪被带到王生家中，被烈火焚烧而死。后来这种异象便在没有发生过了。

民间流传，有一种妖怪，名叫山猱，知道人的姓名后，便能施法伤害对方。想来妖怪问王生姓名，也是要加害于他。

宝典三号

《子不语》

代言人：袁枚

售　价：七个妖币

推荐语：惊悚恐怖，凶险刺激

精彩预览

京城有个姓叶的人，前去易州好友王四家贺寿。这天天色渐黑，叶某骑着驴正经过房山，此时，一个骑着高头大马的伟岸男子追过来，问叶某前往何处。

叶某如实以告。男子听了高兴地说：“王四正是我的表亲，我也正要给他祝寿，不如就一起走吧！”

叶某欣然同意，只是这男子总跟在后面，即使叶某让他走前面，他也佯装同意后，故意落在后面。叶某心中思忖，这莫不是个强盗吧，于是频频往后窥视，但这时天色已黑，什么也看不清。

突然天空划过一道闪电，叶某伺机一瞥，心中陡惊，只见那男子的头挂在马下，两腿悬空而行，并且伴着雷声不断吐出黑气，口中那猩红的舌头有数丈长。

叶某心头大震，但没有办法只好隐忍，加快前往王四家。

刚一到，王四便设酒宴款待，叶某趁机偷偷询问他和男子的关系。王四回道：“这就是我表兄，住在京城绳匠胡同，是个银匠。”

叶某听到肯定回答，才稍稍放宽了心，觉得是自己眼花看错了。

等宴会散了，叶某因为之前种种，不愿单独与男子睡一屋。没办法，男子只得请了一位老翁作伴。

半夜，老翁睡得正酣，叶某却丝毫没有睡意。没想这时，男子悄悄坐起身，吐出长舌，房间里变得亮如白昼，他缓缓靠近叶某的床帐，轻轻一嗅，便馋得流涎不止，迅速伸出双手，抓过老翁吞了。

这时帐中的叶某正瑟瑟发抖，情急之下，想起之前供奉的关帝，大呼：“伏魔大帝何在？”

突然传来一阵钟鼓声，关帝从房梁上跳下来，举刀便砍。妖怪幻化成一个车轮大小的蝴蝶，张开翅膀迎击。一阵霹雳声后，两人都消失在了房内，只留下晕倒的叶某，以及地上一摊鲜血和缠斗的痕迹。

等第二日王四来询问才得知昨夜的事情，派人前去京城一问，发现他的表亲正在炉前烧造银器，并没有去易州祝寿。

宝典四号

《太平广记》

代言人	李昉、扈蒙……
售　价	七个妖币
推荐语	妖怪大百科，尽知天下事

精彩预览

平阳有个叫张景的副将。他有个女儿，年方十六，特别聪明，甚得父母的喜爱。

有一天夜晚，小女正在房间里休憩，忽然听到门开的声音，不一会儿便看见一个穿着白衣、浑身圆胖的人走进来，斜倚在床边。

小女担心他是强盗，默不作声不敢转头。

白衣人又微笑着上前一步，小女更加害怕，怀疑面前的正是妖怪，忍不住怒斥道：“你应该不是盗贼吧？如果不是，那就是异类了。”

白衣人听完又笑道：“你猜测我是强盗，就已经错了，说我是异类就更过分了。我乃是齐国曹家的儿子，大家都说我风度翩翩、仪表堂堂，你难道不知道吗？虽然你拒绝了我，但我依旧要和你住一起。”

说完，他便躺在床上入睡了。

小女十分厌恶，不敢偷偷看他，知道天亮那厮才离开。

没想到，到了第二天，那白衣人又来了。小女直接将此事痛诉给了张父。

张景听了笃定这必然是妖怪，便拿出一个磨得尖锐的金锥，并在金锥的另一头穿上丝线，交给女儿，告诫她："如果妖怪来了，就用金锥在他身上做下标记。"

果然，当日妖怪又来了。小女表面上软语相待，妖怪果然善于交谈。聊至半夜，小女直接将事先准备好的金锥直接戳进了妖怪的脖子里。

妖怪发出一声痛呼，突然跃起，向外逃去。

翌日，小女将昨夜之事情悉数告知张父。张景于是叫上仆人一起跟着金锥上的丝线，走出屋外数十步，在一个古树下，找到一个洞穴。那丝线的另一端便在洞中。

仆人往下挖了不到数尺，果然有一个一尺多长的蛴螬，蜷缩在土里，金锥就在它的脖子上。这就是那妖怪所说的"齐国人姓曹人家的儿子"了。

张景当即杀了它，此后便再没有异事发生了。

封印解除

某日，你正准备出城游玩，却发现自己被困在了一个封印里，请利用道具找到咒语，解开封印。

第六章
尸山奇遇
文、清夜月

1

这一切结束后，你终于来到这个世界的终极——你站在惨白的月光之中，而天上落下带着腥气的水。

你眼睁睁地看着周围，那些光秃秃的山石土地被腥水浇灌后开裂，缝隙中露出青灰色的肢体，不断蔓延生长，扭曲成树的形状。

远处忽然传来奔腾咆哮之声，似乎是那些怪树引来的怪物，你下意识想后退，但周围却被怪树遮蔽。那声音越来越近，你无处可逃。

“喂，快来！”忽然间你听到一个细小的声音。

你顺着声音的方向看去，树丛间露出一双湛蓝的眼睛，就是它在招呼你。

A.相信它，走过去 跳转3

B.觉得可疑，自己想办法 跳转14

2

你看着那些慌乱的�，自己也焦虑起来，下意识地听从芸芸的指示，跟上了中年人的脚步。

不知在洞中走了多久，直到外面的空气扑入你的鼻腔，你才放松下来，大口大口地呼吸着。

没多久，几个身影跌跌撞撞地从山道中跑出，为首的人正是芸芸。

“没事了。”少女断了一条手臂，半身都被血染红，却仍然笑着，“他们想过来抢太阳，被我封在了山道里。”

说完她便晕死过去。

你下意识地伸手扶住了芸芸，少女在你怀里急促地喘息着，眉头皱得很紧。

“我们先找个地方安顿一下。”城先生叹了口气，“也许是因为你的到来，让那些魔化的麙感到了本能的威胁，它们更加疯狂了。”

他指挥着一些年轻的麙们割开手腕，用血在地上涂抹了奇怪的符文。

月光照在符文上，一瞬间，你感觉世界扭曲倒悬，然后便有了仿佛驾雾腾云的感觉。

跳转11

3

你觉得眼下的情况实在太过诡异，不知如何是好。

那双湛蓝的眼睛急切地看着你，而身后咆哮的声音越来越近。终于，你下定决心，朝着那双眼睛跑过去，一头扎进了树丛里。

怪树几乎是一瞬间就动了起来，无数只手伸向你的方向，似乎想要让你和它们化为一体，就在你暗道中计之时，突然有冰凉的东西被拍在了你的胸口，那些手随即纷纷退开，像是怕极了那玩意儿。

“快跟我走！”少女将那冰凉的东西挂在了你脖子上，随即拉起了你的手跑开。

她的手像雪，从颜色到温度。

越往深处，那怪树便越稀疏，终于你们跑到了一块空地上，气喘吁吁地枕着黑色的山石。

“这里是不长尸树的，不用担心啦。”少女安慰道，“不过，刚才给你的苍玉你要收好。”

“如果苍玉掉了，那些树就会吃掉你。”她猛地凑近你，吊起眼角来，努力做出一副阴郁恐怖的神情。

“苍玉？”你下意识地伸手去摸，发现刚才少女挂在你脖子上的东西，确实是一块黑色的玉，对着月亮去看时，里面却有水波流动。

“嗯，是好东西。”少女开心地笑起来，“欢迎来到尸山。”

她伸手去碰你的脸：“我们等你很久了。”

随着她的话音落下，周围出现一道又一道的人影，他们都长着鹿耳朵，有着湛蓝的眼睛，他们望着你和少女，眼里有打量的神色。

这时，人群中的年长者向你走近。

“宿命者，这里不是说话的好地方。”他向远处指了指，“那些东西随时会过来，请随我们来。”

跳转9

4

你又回到了那个充满灼热白雪的山洞里。

你打开水晶球，将那些白雪捧入水晶球里。在最后一捧雪也被捧入之后，水晶球自动关上了，散发着温和的光芒。

你伸手去摸，它已经不再冰冷，而是散发着温热的光芒。那光芒一张一缩，如同心脏鼓动。角落里送你来的阵法咒文也呼应着亮起来，你踩入阵法回到了那个颠倒的世界。

你将手中的水晶球给城先生看，城先生眼中散发出狂热的光芒。

“就是它，就是它！”他紧紧地握着你的手腕，“我们的救世主，我们的太阳！”

“就这样把它还给你们就可以了吗？”

“不，你要把它放回它该待的地方去。”城先生说，“整个尸山再次降雨时，就会变回苍山，然后，我们都能得救。”

你点了点头。

“跟我来，宿命者。”

你跟在城先生的身后，踏上布满星光的路。

愈往深处走愈荒僻，但星星也愈发明亮。你攥在手里的水晶球似乎也感受到了光的鼓动，渐渐地变得有些烫人。终于，就在你觉得自己快握不住那颗水晶球时，城先生停下了脚步。

你的面前是一颗倒悬生长的树。

“从这里走上去。”城先生握着你的手，让你感觉那看不见的、蔓延在你脚下的阶梯。

“走到树根的地方，将你手里的太阳放进去，一切就都结束了。”他认真地看着你。

“我知道了。”你这样说着，解下了挂在胸口的苍玉，“把这个还给芸芸，帮我说声谢谢。如果没有这块玉，也许我早就被尸树吞了。”

城先生接过玉。然后，你踏上了那条看不见的阶梯。

天地再次倒悬。

跳转7

5

“我该怎么做？”你这样问着。

“我可以打开回归最初之所的通道，”城先生走近说，“你只需要把那些雪收集起来，带回这里。”

他递给你一个水晶球，那球是中空的，打开之后，里面有着隐约的光。

“用这个。”他说，“不要看它只有巴掌大，却能盛下最初之所所有的太阳。”

你接过水晶球，发现它冰寒刺骨。你望着城先生：“帮助你们之后呢，我能回去吗？”

“当然。”城先生看着你，他的目光柔和而慈爱，“你会回归到你原本的生活里，而我们所有人都会感激你。”

你用力点了点头。

城先生说：“那我们现在就开始。”

城先生带着你走到一片幽静偏僻的地方，又念起了你不知名的咒文。

这次的颂唱极为漫长。

终于，脚下的星空开裂，星辰坍塌扩散，你紧紧握着水晶球，坠入了无尽的虚空之中。

跳转4

6

你只稍稍地踌躇了一下，便坚定地站到芸芸身边。

“我留下来。”

芸芸用力地把你往城先生那边推，声音都有些颤抖：“你在这里凑什么热闹！快跟着他们走！”

但你坚持要留下来。

和那些魔化的�战斗，比你想象得要困难许多，你拼尽全力挥刀。

不知过了多久，芸芸耳朵一动，似乎听到了什么声音。

“城先生他们已经到安全的地方了！”她喊着，“我们也走！”

你们且战且退，那些魔化的麖仍然不想放过你们，他们咆哮着追逐在你们身后，终于离洞口只有咫尺，而你挥刀的手也变得酸软无力时，那把骨刀坠在地上，被灼热的雪烤成一片尘烟。

“喂！”你听见芸芸的尖叫，然后有什么温热而坚实的东西，撞进了你的怀里。

液体再一次飞溅。她本能地将她的手，塞进了想要咬断你喉咙的麖嘴里，同时用力地将自己的另一只手捅向那只麖的心脏。

你下意识地扶住了她，她断裂的手臂掉落在地上，砸出柔软而钝闷的声响。

更多的血溅在了你胸前的苍玉上，那块苍玉突然间折射出暴烈的光芒，迅速覆盖住周围的一切。

恭喜你获得

苍玉之心

跳转11

7

你站在高大的树木之中。

抬头望去，只能看到一片漆黑。好在手中的水晶球能照亮你脚下的路，你一步一步地往上走。

你莫名觉得很舒适。

也许是因为这混乱的旅程终将结束，你可以回到自己一开始来的地方。

终于，你站到了树根的尽头。那里有一个巨大的空洞，于是你踮起脚尖伸手出去，努力将水晶球推入空洞之中。

空洞中心突然产生巨大的吸力，将你连着水晶球一同吸了进去。灼热的感觉包裹住你全身，你能感觉水晶球正在融化，那些雪与矿石变化成的液体融入了你的身体，你开始变得膨胀，变得恐慌——你看见夺目的光从你的身体中冉冉升起，飘浮到上空；你看见倒错的世界开始旋转；你看见漫山遍野的尸树长出新绿的枝叶——

“你本来就该在这儿啊。”彻底失去意识之前，你听见了城先生似笑非笑的声音。

“欢迎回来，我们的太阳。”

结局

你即是太阳

8

你站在高大的树木之中。

抬头望去，只能看到一片漆黑。手中的水晶球能照亮你脚下的路，你一步一步地往上走，站到了树根的尽头。那里有一个巨大的空洞，于是你踮起脚尖伸手出去，努力将水晶球推入空洞之中。

空洞中心突然产生巨大的吸力，将你连着水晶球一同吸了进去。灼热的感觉包裹住你全身，你能感觉水晶球正在融化，那些雪与矿石变化成的液体融入了你的身体。

突然之间，你胸口有更浓烈的光爆裂开来，是芸芸交给你的那块苍玉。

光升腾着向上旋转，从苍玉里流出的光成了新的太阳。而你被那些光托着，越飘越高，越飘越高——

“苍玉是苍山至宝，获得苍玉的人可以获得力量……”冥冥之中，你听到了一个声音。

那声音浑厚却又缥缈，似乎来自最为原初的山海洪荒。

“而被苍玉认可的人，可以实现一个愿望。”

“谢谢你做的一切啊，苍山曾经的太阳。”

眼前的光骤然间散开来，你的身体终于落到了实处。你发现自己正站在熟悉的楼梯口，往上攀登五层阶梯，每一层都有实感。

教学楼的楼道里透露出夕阳的光线，耳畔传来同学的嬉闹声。

欢迎回到现实世界。

结局

一切平安

9

他的声音温醇而柔和，带着一种真诚的感觉。

你下意识地站起来，跟在他身后，向高耸的岩壁走去。

你听见他喃喃自语地念了几句，突然天上的月光变幻，映照在山石上，山石轰隆作响，露出一条黝黑的通道来。

“欢迎来到最初之所。”

你跟在他身后。

洞中是一片雪，你试着伸手去触碰那些雪，却察觉到一种温暖的触感。

你惊讶地抬起头，发现少女正带着一种得意的神情笑着看你。

“这不是雪！”她说，“这是太阳——这是尸山最初的、仅剩的太阳。”

“让你见笑了，宿命者。”那个中年人接着说，“将你带来这里——将你召唤到这个世界很抱歉，但是，只有你能拯救我们。这里是尸山，万物终焉之所。而我们，则是被放逐于诅咒之地的流民，你可以叫我们麢。”

你皱起眉，突然想到以前读过的一段记载：历山又东十里，曰尸山，多苍玉，其兽多麢，尸水出焉，南流注于洛水……

“你之前听到的那些声音也是麢发出来的，是我们曾经的族人。”中年人叹了口气，“只是，他们已经失去了自己的意志，成为只知道吞吃尸树的怪兽了……”

话音未落，洞中的雪就骤然震荡，外间有排山倒海的铁蹄呼啸之声传来。

洞中的麢们一下就乱了套。

“那些家伙又发疯了！快走！”芸芸尖叫，“有苍玉的人从另一个出口离开，没苍玉的先留在这儿！”

苍玉？你下意识地望向胸前那颗坠子。

“芸芸你不是有苍玉吗！”有一只麢问。

“我的给他了！”芸芸一指你，“你也是，跟着城先生，你们一起走！”

她说的城先生，似乎是方才对你说话的中年人。

A.跟着中年人撤离 跳转2

B.留下来跟着芸芸 跳转6

10

芸芸突然抓住了你的手。

“不，我不知道这是不是对的。”她突然低声说着，“我一直以为我做的是对的，毕竟，毕竟……”

“可你会温柔地关心我，你会在洞中留下来帮我们。”她说，“所以我……”

“怎么了，芸芸？”你对突然慌乱起来的她有些疑惑，但她将你的手抓得更紧，少女明明只剩下一只手了，力气却仍然很大。

“你喜欢你原本的世界吗？”她这样问着，“就是你来的那个……”

“我……”你想说当然喜欢，但话音还未落，你的后颈就传来一阵剧痛。

“我就知道，芸芸，你总是心软。”

失去意识前，你听见了城先生冷漠的声音。

跳转12

11

等一切平静下来，你发现自己似乎正身处一个颠倒的世界里。

头上是广袤而踏实的山川湖海，树木郁郁苍苍，而脚下却是无尽的广袤星空——这让你有一种眩晕的错觉。

芸芸说明情况后，就被带去休息了。而城先生，或者还有一些别的麢，似乎都在偷偷地打量你。

“为什么在看我？”你无法忍受那些目光，走向城先生。

似乎没有料到你这么直白地问出来，城先生愣了愣，不过很快又露出了那种温和文雅的笑容。

“大概因为你是我们的救世主。”他说，“是唯一能救我们的人。”

“我不知道该怎么做。”你说，“我只是个再平凡不过的人。”

“你只需要把太阳还回去。”城先生说，“你还记得那个山洞吗？很久以前，太阳陨落了，变成了那个山洞里的雪。天上就只剩下月亮——而月亮并不会降下真正的雨水，它只会降下尸雨。被尸雨浇灌的草木变成尸树，长满尸树的山便成了尸山。麢们无法离开这里，又只能以尸树为食。”

他露出了一个模糊的苦笑：“这里原来叫苍山，盛产苍玉，苍玉可辟百毒。”

“那你们……”你想起那些诡异的树，觉得胸口又有什么扭曲涌动。

“我们运气很好，抢到了苍玉。没抢到苍玉，便无法解尸树之毒，尸树之毒日积月累，就变成失去意志魔化的怪物。”

“你们自己不能把太阳还回去吗？”

“我们是被诅咒困在苍山的一族。”城先生说，“我们永远无法触碰天空。”

仿佛为了证明自己说得话一般，他高高地举起自己的手，向着头顶那片广袤的大地。然后你就听见了仿佛酸性液体浇在皮肉上一样滋滋的声响，血从那根手指里冒了出来。

城先生放下手，伤口深的地方已经化成了白骨。

你试着抬起手，指尖仿佛触到了什么。你踮起脚抓住了那东西，用力一拽。

你的手心里躺着一颗星星，然后它如烟般散去了。

“看，你能碰到。”城先生有些敬畏地说。

A.我该怎么做？ 跳转5

B.再见一面芸芸 跳转13

12

你沉浮在一片温暖的光中，突然很多记忆涌入你的脑海。

你想起来，在很久之前，久到意识还未诞生时，你曾是这里的太阳。

这里原名苍山，盛产苍玉——对于魔来说，苍玉是至宝，吞噬苍玉，可以获得强大的力量。而魔们为了争夺苍玉，打得血流成河，死去的魔的怨气使苍山变成了尸山。

尸山的尸气蒸腾，就连太阳也无法抵御，于是太阳也陨落了。

太阳的精魂流落在世间，经历宇宙洪荒，时间动荡，终于变成了你。

你从梦中惊醒，发现自己被捆得严严实实，身旁还有苍白的芸芸。

“欢迎回来，我们的太阳。”城先生微笑地看你，“因为你私自离开，我们可是吃了不少苦头啊。”

“现在按我说的做。”他手中的骨刀抵在芸芸的喉咙上，“不然我就杀了她。”

城先生给了你一个水晶球，要求你用它装最初之所的雪。然后，他又为你打开了一条通道，要你进入一颗倒悬的树里，将水晶球放到树的根部。

“不要去！”芸芸尖叫着，“去了你就再也回不来了——你会死的！”

“他不去我们都会死的，芸芸。”城先生温柔地笑着，用骨刀在芸芸脸上划出细小的血珠。

你急忙制止了他，握紧了手里的水晶球，踏上了并不存在的倒悬阶梯。

跳转8

13

见到芸芸的时候，她躺在大片柔软的树叶铺成的树丛间。

“我来看看你……”但你面对着苍白的少女，其实不知道该说些什么，“还有，这个……”

你伸手想摘下自己的苍玉，却被芸芸用她仅剩的手阻止。

“不……不要摘下来。”她喘息了两口低声说，“摘下来会很麻烦的。”

“我听说这个对你很重要。”

“对，但是你更重要。”芸芸努力地挤出一个笑容来，“我们需要你帮我们把太阳还回去。”

也许是芸芸的鲜血刺激了你，那一刻你答应了她：“好，我该怎么做？”

但芸芸却愣住了，她似乎没想到你会答应得这么爽快。

她慢慢地抿紧了嘴，你能看见大颗大颗的泪珠在她眼睛里凝聚起来。

A.拥有【苍玉之心】 跳转10

B.未拥有【苍玉之心】 跳转5

14

你望着惨白月光下那双蔚蓝的眼睛，在这种诡异的环境之下，你总觉得那双眼睛里泛着不怀好意的光。

你不敢再在原地多做停留，寻了个方向，拼命地扎入怪树之中。

没想到树丛间出现了大量的怪物。它们长得像鹿，尾巴像牛，正大口大口地吞噬着怪树。忽然有一只怪物一口咬住了你的手臂，你发现，自己也感受不到疼痛了。

你彻底失去了意识，最后的记忆，是那些怪物都有一双湛蓝的眼睛。

结局

被尸树同化

图书在版编目(CIP)数据

巷说妖不语／古人很潮编著.—武汉:长江出版社,
2021.3
ISBN 978 7 5492-7584-7
Ⅰ.①巷… Ⅱ.①古… Ⅲ.①短篇小说-小说集-中国-当代
Ⅳ.①I247.7
中国版本图书馆CIP数据核字(2021)第046748号

巷说妖不语／古人很潮编著

出　　版　长江出版社
　　　　　(武汉市解放大道1863号　邮政编码:430010)
选题策划　漫娱图书　杨宇峰
市场发行　长江出版社发行部
网　　址　http://www.cjpress.com.cn
责任编辑　罗紫晨
特约编辑　郭　昕　买嘉欣
总 策 划　熊　嵩
执行策划　罗晓琴
装帧设计　吴　彦　徐　蓉
印　　刷　武汉新鸿业印务有限公司
版　　次　2021年3月第1版
印　　次　2021年5月第1次印刷
开　　本　710mm×1000mm　1／16
印　　张　12.25
字　　数　185千字
书　　号　ISBN 978-7-5492-7584-7
定　　价　49.80元